Widner | Kreitzberg

Drava

KLAGENFURT/CELOVEC – WIEN/DUNAJ
9020 Klagenfurt/Celovec · Tarviser Straße 16
office@drava.at · www.drava.at

© 2009 Drava Verlag, Klagenfurt/Celovec
Satz und Druck: Druckerei / Tiskarna Drava
ISBN 978-3-85435-566-3

Alexander Widner
KREITZBERG

Roman

Drava

Kreitzberg, mittelgroß, handlich, liegt günstig. Beckenlage, hineingesetzt in die Biegung eines Flusses, Berge rundum, Seen im Kranz um sie, dazu alle Annehmlichkeiten einer leidlich funktionierenden Kleinstadt. Überschaubar wie die Stadt ist, hat sie den Vorteil, dass alles beisammen ist, was zusammen gehört. Rathaus und Größenwahn, Kirche und Gasthaus, Tankstellen und Sportplätze, Theater und Krankenhaus, Parks und Brunnen, Altstadt und Neustadt, Parteisekretariate und Gericht, Hinz und Kunz, Kinos und Kaffeehäuser, Garagen und Lagerhallen, kleiner Flugplatz und großes Gerede davon, Denkmäler und Friedhöfe, Bäume und Tauben, Zeit und Unzeit, Frohsinn und Ernst, Notariat und Schwindel, Aufmärsche und Stille, Argusaugen und Wegschauen, Stammtische, Begeisterung und Ablehnung, Korruption und Gesetz, Tun und Lassen, Blaskapellen, große Söhne, deren Größe exakt an der Stadtgrenze endet, große Töchter, die etwas weiter reichen, Asphalt und Moos, das kurze Glück der Größe und das lange Hadern um Nichtigkeit, Feste nach altem Plan, Moral und Auflehnung, Laster und Frömmigkeit, Gewalt und Sanftmut. Der Klatsch, geschmückt und gebauscht, ist das Futter für die Fantasie im täglichen Gleichlauf, das Brot der Kleinstadt. In alle Richtungen hin innerhalb von vier bis fünf Autostunden eine Weltstadt. Wer genug hat für eine Weile von so viel Handlichkeit, Bürgersinn und Regelmäßigkeit der Abläufe, der rückt aus. Freitags. Und sonntags wieder zurück. Dann ist er wieder in seiner Stadt, die mit ihren Armen in alle Himmelsrichtungen greift, nicht zu weit, dort dann verschwindet sie ins Land. Um die Altstadt läuft die Ringstraße, früher standen dort die Stadtmauern, die vor zweihundert Jahren auf kaiserlichen Befehl niedergerissen wurden. Das Stadtwahrzeichen aus Granit, trotz pompöser Hässlichkeit tapfer ins Zentrum gestellt, ist eine Mischung aus Elefant und Ziege. Der Elefant soll erinnern an den tollen Knaben der Stadt, der schon vor Jahrhunderten auszog, Afrika zu erkunden, die Ziege steht für die Heimat. Und natürlich gilt die alte Regel, die auch in größeren Städten gültig ist, dass eine Hand die andere salbt. Wenn da was zu salben ist. Die Ungesalbten sind arme Schweine wie überall. Und sind gekränkt. Gesalbte und Gekränkte. Eine Stadt wie jede halt.

Eine Stadt muss natürlich verwaltet werden. Was wäre eine Stadt ohne Verwaltung. Und was wäre eine Verwaltung ohne Kopf. Aber das wissen wir. Was wir nicht wissen, ist, dass alles ein bisschen anders läuft in Kreitzberg als anderswo, weil Kreitzberg irgendwo in seinem Innersten das Gefühl hat, einzigartig zu sein, jedenfalls nicht Teil des Haufens Welt, sondern eigener Haufen. Das denkt jeder Ort von sich, also ist Kreitzberg ja doch nur wieder Teil des Haufens, in dem sich Einzigartigkeit verliert.

Den Bürgermeister und Oberverwalter picken wir heraus, nicht weil er aus der Menge herausragen würde, nein, das kann man ihm nicht unterstellen, sondern weil er die Summe aller Eigenschaften der Bürger ist. Der Mann aus der Mitte. Als Summe aller Eigenschaften beherrscht er Ränke besser. Der Bürger kommt eingleisig daher, durchschaubar, probiert die immer gleiche Sauerei, der Bürgermeister kennt und kann sie alle. Das legitimiert ihn für sein Amt. Vielseitigkeitstrainiert, so beschrieb diesen Zustand und damit sich der neue Bürgermeister.

Zur einen Hälfte ist er ein Trottel, und das ist noch seine bessere, sagten die Gegner des Bürgermeisters bald nach seinem Amtsantritt. Das ist nichts Besonderes, dass Gegner Böses von sich geben. Schließlich ist jeder jedem Menschen ein bisschen unsympathisch, wie dann erst nicht Wohlgesonnenen. Das Besondere war, dass seine Freunde dasselbe sagten. Der leibhaftige Schnitt durch alle.

Natürlich ist so ein Bürgermeister nur eine lokale Berühmtheit, unser Bürgermeister jedenfalls, denn ob Bürgermeister von Kreitzberg oder Bürgermeister von London, das macht schon einen Unterschied, aber auch so ein Kreitzberger Bürgermeister ist ein Lokalfürst, ein Dreiquadratkilometerdespot, einer, der seiner Stadt ein Gesicht aufsetzt kraft seiner Verfügungsvollmachten, von denen ein Regierungschef nur träumen kann. Die Bürgermeister sind die letzten Diktatoren in der Demokratie, nur auf einem kleinen Fleck zwar, da aber weidlich. Das Gesicht des Bürgermeisters wird sichtbar. Freilich gilt das nur für unbedeutende Provinzstädte, große bedeutende Städte haben ihr Eigenleben, das überschattet jeden Bürgermeister. Provinzstädte haben das Leben ihres jeweiligen Bürgermeisters. Bedeutend sind nur die Worte des Herrn und des Herrn Bürgermeisters. Deshalb sind sie Provinzstädte. Und bleiben auf diesem Rang sitzen.

Die Stadt lief. Irgendwie. Seit achthundert Jahren schon. Nie von Bedeutung, aber da. Eine dieser Städte, die der Welt hinterher laufen. Und überleben, weil sie übersehen werden.

Und die Menschen der Stadt? Die übergehen wir. Da sind keine aufregenden Menschen, nur aufgeregte. Und wenn sie sehen, dass man nichts ändern kann, und das sehen sie immer, legt sich die Aufregung wieder. Und zumeist wollen sie gar nicht, dass sich etwas ändert.

Man weiß doch nie, was dabei rauskommt, wohin eine Änderung führt. Womöglich hinaus aus dem Gewohnten, hinein in gefährliches Neuland, in unbekanntes Gelände. Nein, lieber doch nicht. Bleibe alles in seiner alten Ordnung, die ist gottgewollt, die Obrigkeit ist schließlich Gottes verlängerter Arm. Und der schlägt zu, wenn sich der Mensch aus der Ordnung winden will. Also tun die Menschen von Kreitzberg das, was sie immer und überall tun: sie füllen die Ränge, sich nie im Klaren, ob die Vergangenheit noch läuft, oder doch schon Gegenwart ist. Sie johlen und sie kreischen, im Stadion, bei Volksfesten, bei Eröffnungen, während und nach Ansprachen ihrer Obertanen, sie johlen und sie kreischen. Sie sprechen wenig. Sie müssen nicht, denn alles ist klar. Zwischen ihnen und in ihrem Verhältnis zu der Stadt, in der sie leben. Übergehen wir sie, dann müssen wir ihnen auch nichts Schlechtes nachsagen. Jeder ist der Spiegel des anderen, und der andere des einen. Kleine Städte zeugen ein paar Prototypen, und die setzen sich dann fort. Der und die und noch die und der, und man ist durch. Die Menagerie hat nur ein paar Exemplare. Der Bürgermeister ist der Spiegel aller im Allgemeinen, und im Besonderen ist da niemand. Alle Fäden laufen zusammen in dem Einen, den man sich erkoren hat. Und die Handvoll, die auffällt, in welche Richtung immer, hält nur auf. Sie wird sich einschleichen sowieso. Sie ist ob ihrer Aufdringlichkeit gar nicht zu übersehen. Es ist wie es ist. Kein Mensch will auf die Waagschale gelegt werden. Die Kritik muss sich nicht anfeuern an Menschen, die in einem Nest leben. Es ist ihre Wahl. Sie wollen Nestwärme. Alle kennen, alle grüßen, nicht ein anonymes Stück Fleisch sein, jedes Jahr einen Kalender mit Stadtansichten zum Wiedererkennen an der Wand. Wer es nicht so warm mag, zieht ohnehin weg. Die, die bleiben, sind glücklich. Zumindest sagen sie das. Das ist der andere Grund, warum wir an das Volk von Kreitzberg höchstens anstreifen: Glückliche stört man nicht.

Der neue Bürgermeister, von ihm ist, wie schon oben, die Rede und wird sie bleiben, der neue Bürgermeister, Bruno Grobschneider mit Namen, hatte eine Laufbahn hinter sich als unentwegt schreiender Säugling, lebertranversorgtes Kleinkind, süßer Bub im Matrosenanzug, mittelprächtiger Schüler mit guter Jause im Schulranzen, flotter Bursche, glückhafter Student praktischer Studien, Sekretär von Würdenträgern, Schreibtischinhaber in einer Bank, wieder Sekretär, schließlich Vorsitzender des Lokalzweiges einer Partei und Obmann verschiedener Vereinigungen. Der Typ, der im Zugabteil immer in Fahrtrichtung am Fenster sitzen will. Bruno war wenig in Berufen, mehr in Funktionen. Es gibt zwei Arten von Menschen, die, die anpacken, die stehen im Beruf, und die, die sich umschauen, wer für sie anpacken könnte, die sind in Funktionen. Die haben schon in jungen Jahren kapiert, wie der Hase läuft im Leben. Und nun war Bruno Bürgermeister von Kreitzberg. Die Wahlschlacht war kurz gewesen, sein Widersacher hatte sich unbeliebt und unbekannt gemacht durch die Jahre, leutselig Bier trinken in lauter Runde war seine Sache nicht, der dem Bier zugetane Bruno hatte leicht und mit großem Vorsprung gewonnen. Keine hochgestochenen Reden, dieses Rezept wirkte. Das Volk will hören, was es hören will. Sei so trivial wie die unten und du hast sie im Sack. Bruno kannte sich aus. Und wusste zu verbergen, dass er kein anderes Mittel zur Verfügung hatte als seine Trivialität.

Seine Mutter strahlte. Wenn ich zurückschaue, muss ich sagen, es ist ihm leicht gefallen, sein Leben in den Griff zu bekommen, ein Sonntagskind. Und seine kleinen Schwächen, mein Gott, die machen ihn noch liebenswerter als er ohnehin ist. Ihr Bruno Bürgermeister. Ganz der Vater. Bruno nahm Mütterchen in die Arme, gerade so lang, wie die Fotografen brauchten, die herzige Mutter-Sohn-Umarmung im Kasten zu haben.

Bruno war ein schmuckes Männchen, so sagten die Damen. Der schönste Bub weit und breit, so pflegte seine Mutter ihn zu preisen und stieß damit auf wenig Verständnis bei anderen Bubenmüttern. Mittelgroß, schlank, dichtes Haar, leicht wiegender Gang, als Manko schuppige Hände, als ob er einen Fisch täuschen wollte. Der Fußpilz, den er seit zwanzig Jahren nicht loswurde, störte nicht. Und misstrauische Augen, immer auf der Hut, mit den Jahren grub sich Verbissenheit ins Gesicht, je nach Gemütslage verstärkt oder gemildert. Und wenn die Augen rasteten, waren sie dumm. In schicke Anzüge eingenäht, englische Machart, seine Schwäche für alles Angelsächsische schlug eben überall durch, machte Bruno halbwegs Figur. Dazu ein routinierter Charme, dem besonders ältere Damen auf den Leim gingen. Da in Kreitzberg viele ältere Damen waren, brachte Brunos Charme Quote.

Bruno lebte sich schnell ein in sein neues Amt. Er stiefelte durch die Stadt, die, so meinte er und so sagte er auch, nun die seine sei, ganz die seine. Er ließ sich blicken. Ließ sich grüßen. Ließ sich herab. Ließ mit sich reden. Ließ sich erfüllen von seinen Gefühlen. Ließ sich herzen. Ließ Wünsche zu.

Liebe ist eine Sache des Verstandes, nicht des Herzens. So bestimmt sprach Bruno. Ich liebe euch, Leute, mit meinem Verstand. Liebt mich zurück. Auf eure Art.

Ein neuer Bürgermeister braucht ein neues Rathaus, und wenn schon nicht ein von Grund auf neues, so doch ein renoviertes altes. Die Erneuerung des Teilobjektes als Teil des Gesamtprojektes, gab der Bürgermeister als Losung aus. Freilich hatte er Probleme, zu erklären, worauf denn nun eigentlich das Gesamtprojekt hinauslaufen werde. Doch bald fragte niemand mehr. Man war es seit alters her gewöhnt in Kreitzberg, dass Gesamtprojekte einschliefen im Gesamten nach einer aufgeregten Weile der Diskussion.

Das Gesamtprojekt lief darauf hinaus, dass Bruno im Rathaus eine Wand durchbrechen ließ, um geräumiger repräsentieren und empfangen zu können, Bilder wurden ausgewechselt, Bruno wollte Heimat im Büro sehen, Berge und Wald und Wasser, die Einrichtung wurde ausgewechselt, großer Ohrensessel für Bruno, über dem Schreibtisch, lesbar für jeden Besucher, wurde eine Tafel angebracht: Unsere Stadt ist groß und Ordnung ihr Gebot, und die Eingangstür des Rathauses wurde verengt. Der Bürger, so Bruno, soll sich hineinzwängen in die Gemächer der Obrigkeit, nicht frei schreiten, schon am Eingang müsse ihm klar sein, hier wird es eng für mich. Freilich, große Poststücke oder Möbel passten jetzt auch nicht mehr durch die Tür, sie mussten zerlegt werden, um ins Rathaus zu kommen, und wurden dort wieder zusammengesetzt.

Zuerst einmal braucht ein Bürgermeister Berater, Berater müssen her, so dachte Bruno gleich nach seiner Wahl. Schon sein Vater war Bürgermeister gewesen, das ist praktisch, sagte Bruno, da müssen sich die Leute nicht immer neue Namen merken, das gehört per Stadtverfassung eingeführt, dass Söhne und Töchter eines Bürgermeisters das erste Anrecht auf die Nachfolge haben. Berater aber müssen her in jedem Fall, denn jeder Bürgermeister, egal ob Sohn oder Tochter oder neu, steht vor neuen Aufgaben, vor neuen Gegebenheiten. Bruno war zwar überzeugt von seinen eminenten Fähigkeiten, sah sich so tüchtig wie sonst kein Zweiter, kein Schatten eines Zweifels an sich fiel auf ihn, alles würde er im Griff haben mit leichter Hand, aber Berater stehen einem Mann von Rang zu und an. Berater zu haben zeigt Wichtigkeit an, Berater sind zur Stelle, Berater nehmen Unsicherheit, um Berater und ihre Ratschläge muss man sich nicht kümmern.

Warum ein Berater, ein Mensch, so gescheit, einen über ihm Stehenden, in seinem Fach aber unter ihm Stehenden, zu beraten, nicht gleich der darüber Stehende wird, ist eine unbeantwortete Frage. Berater sind einfach eine Gepflogenheit. Schild für einen Mann von Welt, und sei die Welt auch klein. Klein wie unser Kreitzberg.

Der Bürgermeister, überlastet von Anfang an, vielleicht auch überfordert, wer kann das schon sagen, braucht einen Berater. Wenn ein Bürgermeister einen Berater braucht, wäre es, wie schon angedeutet, vernünftig, gleich den Berater zum Bürgermeister zu machen. Aber sobald der Berater Bürgermeister ist, braucht auch er einen Berater, und wahrscheinlich nimmt er den Bürgermeister, den er vorher beraten hat, jetzt als Berater.

Der eine denkt wie im Flug, der andere wie mit dem Pflug, der arbeitet sich durch den Boden bis zum Satz, dem Bodensatz, reißt alles auf, der andere hat die Visionen, frei fliegend hoch über den Dächern und uns Menschen. Und dann lässt der Wind nach, und alles, das gerade noch geflogen ist, plumpst auf die Erde und zerschellt. Und jetzt steht der Berater da und klaubt die Trümmer auf.

Aber das hat nur am Rand mit Kreitzberg zu tun, wie alles in Kreitzberg nur am Rand mit Welt oder sonst irgendwie Bedeutendem zu tun hat.

Bruno überlegte, dass ein Berater sich leichter tut, wenn er sich mit einem anderen Berater beraten kann, also bestimmte er einen zweiten Berater. Unser Bürgermeister hatte nun zwei dieser Sorte, die wie Hunde mit ihrem Herrn mitliefen, immer wussten, was der Herr hören will, eigentlich nicht beraten sein, sondern bestätigt. Gut besoldet, nie gefragt. Sekretäre seid ihr, dass ihr es gleich wisst, sagte Bruno, nicht Berater. Berater, das klingt, als ob ich Rat suchen müsste, offiziell seid ihr Berater, inoffiziell Sekretäre, damit das klar ist.

Der eine hatte einen Kopf wie ein Vierkanthof, war kurz, rotgesichtig, dick, dennoch leidlich behende, geistig zwar nicht unvif, aber nicht hinausgelangend über die Stufe der Bauernschläue, die den eigenen Gesichtskreis abdeckt, sich an den Läufen von Hirn und Welt aber nicht beteiligt. Der Kreis, den seine Augen fassen konnten, war ihm groß genug. Und das war auch Bruno groß genug, er brauchte keinen Mann mit Flügeln, fliegen wollte er selber, er brauchte einen Mann des Bodens, der Scholle, erdverbunden und klar. Alles, was ich mag, ist ungesetzlich, unmoralisch oder macht dick. In puncto Gesetz und Moral kann ich mich nicht gehen lassen, aber das Fressen kann mir niemand verbieten. Solches hörte Bruno seinen Berater sagen, und er hörte es gern. Mit diesem Manne war zu rechnen, der wusste, was er wollte. Keinen Konflikt, doch erreichbare Ziele.

Der andere war groß, schlaksig, immer verschlafen, und ging so langsam, dass man kaum wahrnehmen konnte, wenn er einen Fuß vor den andern setzte. Und schaute immer so traurig und verzweifelt, als hätte er nur noch eine Stunde zu leben. Und dürr, dürr war er zum Erbarmen. Es ging die Mär, dass der dicke Berater nur wartete, bis seinem Kollegen die Gabel aus der Hand geglitten war, diese Müdigkeit, diese umwerfende Müdigkeit, um die Reste seines Mahles zu verputzen. In dem Maße, in dem der eine an Gewicht zulegte, nahm der andere ab.

Als besondere Empfehlung für den Beraterposten brachte er – einfach er, wie der andere, der Dicke, auch nur ein er ist, die Namen von Beratern sind Schall und Rauch, niemand merkt sie sich – den Bankrott der Parteizeitung mit, deren Ende er als Geschäftsführer gründlich zustande gebracht hatte, alles in Grund und Boden gewirtschaftet. Halbwach hatte er die Geschäfte wahrgenommen, zu allem genickt, der Bankrott war da. Danach war nichts zu finden an Arbeit für ihn. Berater, gut bezahlt und unverfänglich und im Hintergrund und ohne Verantwortung, bot sich an. Begonnen als Hoffnung, jetzt ein Anhängsel, demütig, weil dankbar, ein Einkommen zu haben nach seiner beruflichen Vorgeschichte. Erwarten Sie nicht, dass ich Sie je etwas fragen werde, sagte Bruno, und der Berater nickte verstehend. Zusätzlich zu seiner beratenden Funktion übernahm der noch die Rolle des Sprechers des Bürgermeisters. Mandatare reden viel und ausdauernd, aber wenn was zu verkünden ist, muss es ein Sprecher tun. Alle politischen Vielredner halten sich Sprecher. Menschen, deren Gesichter so unauffällig sind, dass man sie sich nicht merken kann, das Gesicht des zu Verkündenden muss sichtbar bleiben dahinter. Berufsbezeichnung Sprecher, nicht Redner, denn zu reden hat so ein Sprecher ja nichts, er spricht nur. Dann, wenn sein Herr nicht sprechen will, aber er spricht nur, was der Herr will, er spricht das, was der Herr sagen würde, würde er selber sprechen. Der Sprecher tritt dann auf, wenn es Unangenehmes zu verkünden gilt, das will der Herr, um das Wohl aller bemüht, nicht selbst tun, das Wohl könnte man ihm dann nicht mehr abnehmen wollen. Unser Sprecher war deshalb erkoren worden, weil er so langsam sprach, dass die Medienmenschen schon eingeschlafen waren, bis er zum Schlusssatz gekommen war. Das Unangenehme war ohne Ende, es löste sich auf irgendwo. Es kam allerdings auch vor, dass der Sprecher eingeschlafen war, das Resultat war dasselbe. Der Bürgermeister schätzte seinen langsamen Sprecher. Oft umarmte er ihn nach dessen Auslassungen. Wenn er ihn noch munter vorfand.

War aber etwas, das von vornherein als gute Nachricht deklariert war, zu verkünden, so musste das der kleine, dicke Berater tun, der schnell reden konnte, nicht gewählt, aber schnell und eifrig. Gutes muss schnell unter die Leute, sagte Bruno, nicht so Gutes langsam. So hielt sich Bruno zwei Sprecher. Der Gutsprecher und der Schlechtsprecher, so nannte er seine Herolde, die er aussandte, ihn zu verkünden. Nur seinen Geburtstag gab er selbst bekannt.

Außer Beratersekretären braucht so ein Bürgermeister auch einen Stab. Ein Bürgermeister braucht Leute neben sich, hinter sich, unter sich. Je mehr, desto besser. Tüchtige Leute natürlich. Wer tüchtig ist, bestimmt der Bürgermeister. Also tat Bruno sogleich, was alle Amtsträger nach gewonnener Wahl tun, er umgab sich mit Leuten, die seiner Meinung waren. Und war einer nicht seiner Meinung, so nahm er ihn zu sich ins Büro.

Als Angestellten. Nun kann er zwar anderer Meinung sein, aber nicht laut und nur zuhaus. Es bleibt eine Geheimmeinung. Jede Stadtverwaltung hat Träger von Geheimmeinungen.

Denken kann ich, was ich will. Reden muss ich halt ein bisschen anders. So kommentierte der erste Sekretär die spezielle Form von Meinungsfreiheit im Rathaus.

Bruno suchte einen neuen Leiter seines Büros. Da ergab es sich, dass der Schwiegersohn eines alten Freundes arbeitslos war. Dem Freund sollte geholfen werden. Dem Schwiegersohn natürlich auch. Dr. Sigismund Hirsch, unbedarft, aber bedürftig. Hatte noch nirgends was zuwege gebracht, war überall nach kurzer Zeit rausgeflogen. Einfach blöd, allzu blöd, war die kurze Begründung. Aber Schwiegersohn. Doch man konnte Dr. Hirsch nicht einfach auf den Büroleitersessel setzen, es gab noch andere Bewerbungen. Von weniger unbedarften Leuten. Es musste objektiviert werden. Ein Personalberatungsbüro wurde beauftragt, den bestgeeigneten Büroleiter zu finden. Kleine Hinweise sollten beachtet werden. Und nach so einem Hinweis zeigte sich gleich die ganze Professionalität des Beratungsbüros. Als sich herausstellte, dass Dr. Hirsch kein Englisch sprach, wurde nicht er aus der Bewerbung genommen, sondern Englisch aus den Bewerbungsbedingungen. Schließlich soll der Kunde bekommen, was er will. Und so bekam Bruno den Schwiegersohn Dr. Hirsch in seinen Stall. Und das Beratungsbüro bekam auch in Zukunft die Aufträge der Stadt Kreitzberg. Der Schwiegersohn strahlte, der Schwiegervater strahlte, Bruno strahlte, er hatte sich als Freund erwiesen. Dr. Hirsch war jetzt, Teil seiner Aufgaben, für Kreitzbergs Auslandskontakte zuständig. Die wurden nun auf das deutschsprachige Ausland eingeschränkt.

Das fiel niemandem auf, denn Kontakte zur Welt waren Kreitzbergs Sache ohnehin nie gewesen. Dr. Hirsch lebte sich schnell ein. Seine Geliebte auch. Sie kam morgens, die Hirsch-Gattin schlief noch, in Dr. Hirschs Büro, der war dann für niemanden zu sprechen für eine gute Stunde, weder telefonisch noch sonst wie, denn da frühstückte das Paar. So gestärkt schritt Dr. Hirsch in den Tag und durch ihn durch. Gut gekleidet, mit immer fragendem Blick und mit der Art von Sicherheit, die Unsicherheit verdecken soll. Denn Dr. Hirsch wusste sehr wohl, dass er in erster Linie Schwiegersohn ist und erst in zweiter Dr. Hirsch, und er war sich nicht ganz sicher, ob vielleicht auch gewisse Fähigkeiten ihm innewohnen, die für sein Amt vonnöten sind. Letztlich gestand er sich ein, dass sein Dasein als Schwiegersohn verlässlicher ist als seine Fähigkeiten. Das sollte aber nur er wissen, niemand sonst. Bald wusste jeder, dass es so ist, nur Dr. Hirsch wurde immer überzeugter von seinen Fähigkeiten. Und wollte mit jedem Tag sicherer erscheinen, konnte aber nie ganz verbergen, dass er sehr wohl wusste, wie die Dinge liegen. Daraus kam diese Unsicherheitssicherheit, die sich in einem langsamen Gang, der Uneile, weil ohnehin immer am Laufenden, anzeigen sollte, einem regelmäßigen nach links und rechts Schauen, seht her, ich überschaue alles, und in einem nasalen Tonfall, einer gegen Satzende zu immer leiser werdenden Stimme. Dr. Hirsch tastete sich unsicher durch seine Agenden, auf die Hilfe anderer hoffend und angewiesen, aber er benahm sich, als würde er zugreifen. Der ist zu blöd, um ein Loch in den Schnee zu brunzen, wie maßgemacht für seinen Chef, hieß es hinter seinem Rücken, ins Gesicht hinein nahm man ihn ernst. Das genügte Dr. Hirsch, denn nach hinten schaute er kaum, das, so hatte er gelesen, tut ein seiner selbst und seiner Würde sicherer Mensch nicht. Dr. Hirsch schaute nach vorn, nach links, nach rechts, nicht nach hinten. Hinter mir die Sintflut, mag er gedacht haben. Kurz, Dr. Hirschs Dasein war geregelt. Alle wussten, dass er eine Niete ist, und alle wussten, dass er dennoch bleiben wird. Und Dr. Hirsch wusste, dass das alle wissen. Und er wusste auch, dass Nieten länger leben, weil sie sich die Frechheit des eigenen Denkens ohne jeden Gewissensbiss verkneifen können. So viel wusste Dr. Hirsch.

Der Schwiegervater – eine Kröte an Leib und Gemüt, aber damit beleidige ich jede Kröte, so seine Sekretärin, nachdem sie in Pension war – blieb im Amt des Präsidenten der Heimat- und Brauchtumsbetriebs AG, weit über die übliche Amtsdauer hinaus, um dieses Amt an Bruno übergeben zu können, wenn ihn die Bürgermeisterei müde gemacht hatte und er sich nach einem einträglichen Ausgedinge sehnen würde.

Dergestalt lief Kreitzberg. Von Freund zu Freund.

Brunos Methode der Postenbesetzung hatte sich auf Anhieb bewährt. Da musste man nichts ändern daran. Fortan liefen alle Bestellungen nach demselben Muster ab.

Bruno hegte großes Misstrauen gegen Personen mit eigenem Kopf. Also ersetzte er bald nach Amtsantritt die eigenen Köpfe durch Köpfe, die mit ihm, dem Bürgermeister, genau mitdachten, ja schon wussten, was er denken würde, wenn er noch gar nicht dachte. Und wenn er dann zu denken anfing, hatten die anderen schon vorausgedacht, und der Bürgermeister konnte zufrieden sein Bier trinken und dann schlafen gehen. Wenn er durfte. Aber davon später.

Doch alles sollte seine Ordnung haben, Bruno wollte sich nichts nachsagen lassen. Vorschriften beachten,

Procedere einhalten. Stelle ausschreiben, ein Personalberatungsbüro beauftragen, die Bewerbungen zu objektivieren. Kleiner Hinweis für das Büro, wer Bruno recht sein würde. Zurechtschneidern der Anforderungen auf den Bruno genehmen Bewerber. Notfalls Anforderungen streichen. Kenntnis nicht notwendig. Brunos Wollen war einzige Notwendigkeit. Und politische Zuverlässigkeit, so Bruno, politisch zuverlässig muss mein Stab sein, alles andere findet sich. Präzise Erklärungen dazu gab Bruno nicht ab, und niemand fragte danach. Da war nichts zu fragen, Bruno tat nichts Außergewöhnliches, er tat das, was er mit der Muttermilch mitbekommen hatte, er tat das, was im Land, in dem Kreitzberg lag, üblich war seit Urtagen. Und was üblich ist, ist notwendig. Es lief wie am Schnürchen, das Personalberatungsbüro florierte, Freunde, die einen Deppen im Familienköcher hatten, waren zufrieden und erkenntlich, Bruno bekam den ihm Willfährigen, Widerspruch war nur ein Wort und die Objektivität war gewahrt. Bruno war eben souverän. In Wort wie in Tat. Mein Mann hat einen starken Willen, sagte die Bürgermeisterin. Ein starker Wille steckt in unserem Bürgermeister, sagte das Volk. Wer immer mit einem der von Bruno Erwählten zu tun haben wird, kann sich ein Bild machen von der Wirksamkeit von Brunos Personalblick.

Ein bemerkenswerter Mann, nach so kurzer Zeit auf einer zehnstufigen Bedenklichkeitsskala, im Volksmund Schweinehundtabelle genannt, schon auf Stufe neun, sagte die Opposition über Bruno, ein kleiner Schritt noch, dann ist er perfekt. Die Opposition, obwohl vertraut mit dem Wechselspiel vom Üblichen und dem Notwendigen, ist nie gerecht, kann sie nicht sein, ihren Äußerungen muss man nicht trauen. Wenn man nicht will.

Bruno wollte gleich zeigen, was für ein toller Kerl er ist, aus welch gutem Holz geschnitzt. Keine Anlaufzeit, sagte er, gleich volles Tempo, wir müssen fünfzig Jahre aufholen. Wir dürfen nicht fragmentarisch denken. Wir brauchen einen Plan, einen richtigen Plan, einen, der umfassend ist, der das Ganze bedenkt, der Großes erschaut. Straßen, Straßenbahn, Fernheizwerk, Hallenbad, Palmenhaus, Stadion, Zoo, Kongresshaus, Bahnhof, Schlachthof, Einkaufszentrum, Wohnungen, Konzerthalle, die Liste der Pläne war lang. Bruno gedachte alles in kurzer Zeit zu erledigen. Die Bürgerschaft sollte staunen.

Ich will nicht nur Gast sein auf Erden, ich will Gastgeber sein, ich will Spuren ziehen und hinterlassen. Ich habe Visionen. Ich habe Visionen, die Kreitzberg zu einem Paradies auf Erden machen werden. Bruno lief durch die Rathausgänge. Merkt euch, merkt es euch alle, wo keine Visionen sind, ist Tod, Tod. Und drehte die Augen nach oben.

Irgendwie werden wir den Tag schon verwerten, sagte der Bürgermeister morgens zum zweiten Sekretär, dem immer Müden, ein wunderbarer Tag, um einen Fehler zu machen, zu schade, dass ich mir das nicht leisten kann. Der zweite Sekretär ging so langsam – wir wissen es schon, müssen es aber nochmals wahrnehmen, weil sämtliche Versuche, den Mann zu beschleunigen, gescheitert waren –, dass man meinte, er stehe schon, aber dann stellte er doch wieder einen Fuß vor den andern, zog irgendwie den andern Fuß nach, dann den einen

Fuß wieder vor den andern, kurze Rast, dann kam der eine Fuß wieder am andern vorbei, und wieder. Die Einführung der Zeitlupe in den Alltag. Und wie er ging, so schaute er. Und wie er schaute, so redete er. Derart langsam, dass er sich am Ende eines Satzes nicht an den Anfang erinnern konnte und zu Verdoppelungen griff. Das hörte sich so an: Damit habe ich nichts zu tun damit. Da muss schon ein anderer die Verantwortung übernehmen muss da. Und wie er redete, so dachte er. Und wie er dachte, so waren seine Ratschläge. Aber das war egal. Ein griechischer Philosoph sagte auf die Frage, was am leichtesten sei im Leben: Jemandem einen Rat geben. Also hatte sich der zweite Sekretär, intuitiv und ohne die griechische Philosophie zu kennen, die leichteste Arbeit ausgesucht, da durfte man getrost müde sein. Seine Jahre als Geschäftsführer einer Parteizeitung, die er so gründlich ruiniert hatte, zeigten, dass er zu müde war, einen Rat anzuhören. Also wechselte er die Fronten und wurde Berater. Erfolglose Geschäftsführer sind berufen für solche Tätigkeiten, meinte man wohl in der Parteizentrale.

Ist Post da für mich, fragte der Bürgermeister immer, wenn er am späteren Vormittag seine Amtsräume betrat. Natürlich war Post da. Jeden Tag. Das war wichtig, denn ein Bürgermeister ohne Post ist eine komische Figur. Ein Bürgermeister, von dem man nichts will, an den man keine Anliegen heranträgt, der läuft Gefahr, nicht mehr ernst genommen zu werden, unten durch zu sein. Doch Post war da. Sie wurde dann nicht immer beantwortet, aber das ist nicht wichtig. Wichtig ist der Postzulauf, nicht der -rücklauf. Ein Bürgermeister kann nicht alles beantworten. Er hat nach Wichtigkeit zu sortieren. Jedem Gejammer, jedem Wohnungswunsch nachzugehen, wer würde das verlangen von einem Bürgermeister. Und wozu hat man seine Beamten, die geübt sind im Abwimmeln, Abschreiben, Absagen. Ein Bürgermeister aber, wenn er selbst schreibt, sagt zu. Er ist freundlich, informiert, kompetent und liebt die Menschen. Und sagt ein Bürgermeister nicht zu, so sagt er nicht selbst nicht zu. Dafür hat er seine Beamten. Die sagen ab, sind unfreundlich, uninformiert, inkompetent und hassen die Menschen. Der Bürgermeister ist eine Lichtfigur. Die Beamten sind seine Höllenhunde.

Der Bürgermeister und seine Gattin hatten die schnell angenommene Gewohnheit, sich auch privat mit Bürgermeister und Bürgermeisterin anzureden. Sie war so drinnen in ihnen, dass sie sie auch beibehalten werden, wenn die Ehren des Amtes schon längst verschwunden sein werden.

Reite mich, Bürgermeister, sagte die Bürgermeisterin, wenn ihr danach war. Jetzt nicht, Bürgermeisterin, nicht jetzt, sagte dann zumeist der Bürgermeister, ich bin in Problemen, ich muss denken. Ich pfeife auf dein Denken, Bürgermeister, sagte dann die Bürgermeisterin, mir ist nach Reiten, nicht nach Denken, merk dir das, Bürgermeister. Was muss ich auch einen Denker heiraten, einen Reiter bräuchte ich, ich stattliches Pferd, das ich bin. Für deine Läufigkeit, Bürgermeisterin, bräuchte es vier Bürgermeister, sagte dann der Bürgermeister. Da verließ die Bürgermeisterin zumeist das Haus.

Kreitzbergs Straßen und Gassen sind das Inbild einer alten, zusammengedrückten Kleinstadt. Schmale, verwinkelte, ineinander verschachtelte Schluchten, die sich da und dort in einen kleinen Platz entladen, oder in einem Hof auslaufen. Manche dieser Gassen waren durch die Jahrhunderte versteckt worden, man hatte sie an den beiden Enden einfach zugenagelt, Wände waren aufgezogen und dahinter machten sich Werkstätten breit. Desgleichen in den Höfen. Bruno war das ein Dorn im Auge. So schöne Gassen und Höfe und nicht zugänglich, oh Schande. Bruno begehrte Einlass. Ich, der Bürgermeister, will die Gasse und den Hof sehen, und mit seinen zwei Sekretären trat er ein. Und siehe, da waren gar keine Werkstätten, die waren längst an den Stadtrand gezogen, vor Jahren und Jahrzehnten schon. Herrlich, wir vergrößern unsere Stadt, sagte Bruno. Und hielt Wort. Gasse um Gasse tat sich auf, Hof um Hof. Das Volk war schwer herauszubringen gewesen, öffnete ungern seine Gassen und Höfe. Man hatte sich häuslich eingerichtet hinter den Verschlägen und Hoftoren. Erst der Hinweis auf öffentliches Gut, das ist öffentliches Gut, Besitz der Allgemeinheit, half. Wir müssen uns öffnen, sagte Bruno und drohte Klagen an. Nur keinen Konflikt, nur das nicht, nicht mit dem Bürgermeister, soll er halt seine Gassen und Höfe haben, wenn ihm gar so dran liegt. Noch weiß man nicht genau, wozu das gut ist, oder gut sein wird, da sind nur reine Wohngassen und -höfe, keine Geschäfte, keine Lokale, niemand weiß, was er dort soll. Egal, jede Gasse, jeder Hof wurde mit einem Volksfest in die Stadt heimgeholt. Feste der Versöhnung mit den Vertriebenen und Versteckten.

Alles in der Stadt wollte der Bürgermeister als erster tun. Den ersten Sprung ins Wasser des nahen Würzelsees nach überstandenem Winter zur Eröffnung der Badesaison, den Ankick der Fußballsaison, den ersten Ruderschlag der Ruder- und Paddelsaison, den ersten

Ball wollte er schlagen am Tennisplatz, den ersten Coitus des Frühlings vollbringen, wie er scherzhaft sagte, vollbringen sagte er, das erste Fass Frühlingsbier anstechen, auch wenn er, über und über bekleckert danach, die Schadenfreude fütterte (wenn er alles so gut kann wie Bier anstechen, dann gute Nacht, Kreitzberg, hieß es), die ers-ten Früherdäpfel essen, die erste Frühlingsblume einer Dame reichen, den ersten Brunnen wieder zum Sprudeln bringen, den ersten Ton der Frühlingskonzerte singen, den ersten Grundstein legen, den zweiten auch, erst den dritten überließ er anderen, den ersten Bock schießen. Was immer es auch war, Bruno wollte Vorreiter sein. Beim Erstsprung ins Wasser machte er einen Bauchfleck, es klatschte und knallte nur so, die Bauchdecke brannte ihm, aber er biss die Zähne zusammen und lachte in die Kamera. Die Zähne zusammenbeißen und lachen zugleich, das war Brunos Spezialität. Lachen ist Lachen, sagte er sich, und Beißen ist Beißen, in Verbindung erst bekommt jedes seine Kraft.

Ein gewaltiger Mensch, nimmt man als Gradmesser den Lärm, mit dem Bruno aß. Das krachte und schmatzte nur so, wenn er in einen Apfel biss oder sein Fleisch mit ausholenden Kaubewegungen zermanschte. Dass jemand einen Apfel oder zähes Rindfleisch hörenswert isst, ist nicht außergewöhnlich, aber unser Bürgermeister brachte das auch bei Marillen oder Pudding fertig.

Gott hat die Farben erfunden, damit wir nicht immer das gleiche Hemd anziehen, pflegte der Bürgermeister unter Zeichnung mehrerer Kreuzzeichen auf seiner Brust morgens beim Ankleiden zu sagen. Und nahm das hellblaue Hemd, das seine Gattin für ihn vorgesehen hatte.

Pflücken war ein Lieblingswort der Bürgermeistergattin, sie gebrauchte es auch dann, wenn es nicht passte. Pflücken Sie mir ein Auto, sagte sie zum Chauffeur ihres Gatten, oder Pflücken Sie mir eine Glühbirne zur tageweise beschäftigten Bedienerin, Pflücken Sie mir eine Flasche Cointreau zum Portier im Rathaus. Nur zu ihrem Gatten sagte sie nichts mehr, das nach pflücken klang. Um die Wahrheit zu sagen: die Ehe des Bürgermeisters war nach kurzem Rausch eine Art Unternehmen, nach außen glänzendes Schauspiel, nach innen kühle Kosten-Nutzen-Rechnung. Als die Bürgermeistergattin nach einer Auseinandersetzung die Trennung von ihrem Grobschneider überlegte, sagte sie nicht, dass sie sich scheiden lassen wolle, sie sagte: Bürgermeister, ich kündige. Geschäftston unter Geschäftspartnern.

Ohne meine Frau würde ich diesem Dasein nichts abgewinnen, sagte Bruno gefragt und ungefragt. Ohne meine Frau läuft mir das Dasein davon. Ohne meine Frau wird mein Dasein krank. Meine Frau mit all ihrer Liebe und Sorgfalt ist meine Stütze, wenn ich meinen schweren Tag zu bändigen habe. Sie bereitet mir ein warmes Heim, in dem ich ausrasten, mich entspannen kann nach meinem anstrengenden Fünfzehn-Stunden-Tag. Die ideale Frau. Und bedenken Sie nur ihre vielen karitativen Engagements. Sie fühlt mit den Armen. Sie ist unentbehrlich für sie. Ein Engel. Sie ist unentbehrlich für mich. Sie ist mein Halt. Und meine Töchter. Heute schon wertvolle Mitglieder der Gesellschaft. Ganz der Mutter nacheifernd.

Heiler Mann hat heile Familie. Aus heiler Familie kommt heiler Mann. Darum ehrte Bruno auch unentwegt Vater und Mutter, schon die heile Vergangenheit sollte durchscheinen, bis herein in die heile Gegenwart. Und sein verfeinerter Familiensinn. Mutter wurde geehrt als Gattin und Mutter von Bürgermeistern, für die Betreuung des einen und die Aufzucht des anderen, Vater, Gott hab ihn selig, weil er ein so weitsichtiger Bürgermeister war. Unter anderem ließ er die Straßenbahn abtragen – die unsere edle Stadt so grausam durchfurchenden vorsintflutlichen Straßenbahngeleise müssen weg, ich höre auf meine innere Stimme, und meine innere Stimme ist die Stimme des Fortschritts und unserer Zukunft, so hatte er sich ausgedrückt, damals, im Gemeinderat – und Busse an ihrer Stelle durch die Stadt fahren. Die abgetragene Straßenbahn wurde ergänzt durch Denkmäler und Gedenkstätten, Herzensstücke des Vaters. Und auch die Gattin durfte nicht vergessen werden. Da fanden sich Gründe sonder Zahl für Ehrungen, als Mutter, als Gattin, als Wohltäterin, als Geschäftsfrau, als umfassend Gebildete, als Herausgeberin von Kalendern, als ehemalige Meisterin im Schwimmen und Paddeln.

Obwohl man Kreitzbergs inneren Kern in einer halben Stunde nach allen Richtungen hin abgehen kann, mit dem Fahrrad schafft man es in zehn Minuten, hatte der Bürgermeister eine Dienstlimousine mit Chauffeur zur Verfügung. Schließlich muss man auch zu den Bürgern in den Außenbezirken Verbindung halten und auch dort nach dem Rechten sehen. In Wahrheit schaute der Bürgermeister nie nach dem Rechten, schon gar nicht in den Außenbezirken, weil dort keine ansprechende Gastronomie, die zu besuchen sich gelohnt hätte, zu finden war. Der Bürgermeister fuhr mit Limousine und Chauffeur vornehmlich im Zentrum, das seiner Kleinheit wegen zwanzigmal umfahren werden musste, wollte man einen vollen Arbeitsvormittag erledigen. Dann stand das Bürgermeisterauto immer als einziges am Hauptplatz, trotz Parkverbot. Das muss einem Bürgermeister zustehen. Die Kreitzberger gingen, nein, sie strebten ihren Geschäften, ihren Büros und Werkstätten zu, den Kopf eingezogen, lass mich in Ruh, und auf der Straße der Bürgermeister in seinem Dienstauto. Mit Wohlgefallen nahm er den Fleiß seines Volkes auf, dieses Hinstreben zur Aufgabe, zur Tagesration an Arbeit. So ein emsiges Völkchen, meine Kreitzberger, sagte er zum Chauffeur, eine Freude, ihnen vorzustehen.

Der Bürgermeister hatte seine allmonatliche metaphysische Anwandlung, ein Relikt seiner Pubertät. Zusammengekauert und mürrischen Gesichts saß er in seinem Sessel. Zusammengekauern, Mürrischsein und Philosophie schienen ihm eine Einheit. Die Summe des abendländischen Denkens ist das Kreuzworträtsel, aber die Philosophie weiß das noch nicht; das war ein Lieblingssatz des Bürgermeisters, den er einmal aufgeschnappt hatte. Drum ist die Philosophie immer zusammengekauert und mürrisch, weil sie keine rechten Ergebnisse hat, pflegte er zu ergänzen. Kunst auch. Überhaupt dieses Getue um Kunst. Ein Berg muss ein Berg bleiben, wenn er gemalt wird. Nur so ist er ein Berg. Und ein Bild ein Bild.

Alles andere ist zusammengekauert und mürrisch. Schöngeist, nein, das ist der Bürgermeister nicht, er liebt die erdgebundenen Zustände von Volksfröhlichkeit, Zither und Ziehharmonika und Schnadahüpfl, Konzertsäle und Theater sind Getändel, Mummenschanz für Nichtstuer, eine Variation von Krankheit, die dem gesunden Menschen nicht zusteht. Ich bin zu pragmatisch für das Lesen von Gedichten und das Hören von Sonaten. Als ein katholischer Marathonlauf an Brunos Haus vorbeizog, jeder Läufer ein Marienbild an der Brust, da ging Bruno das Herz auf. Das sind die Dinge, die mich begeistern. Gesinnung tragen. Kunst aber lässt sich gehen.

Warum auch soll ein Bürgermeister ein Schöngeist sein, ein Bürgermeister muss praktisch sein, durch und durch praktisch und linear. Kunst führt ins Nirwana, so Bruno. Und er hatte natürlich recht. Ein schöngeistiger oder geistig schöner Bürgermeister ist ein Witz in einer Kleinstadt, eine Orientierung an den Künsten ließe ihn den Ernst seiner Handlungen womöglich übersehen, er würde verzweifeln gar. Man weiß ja, dass in Schöngeistern, auch wenn nicht ganz klar ist, was für eine Art Mensch dieses aus sich herausgehende Wort eigentlich beschreibt, ein Hang zu Leichtigkeit in der Auffassung des Daseins sein Unwesen treibt. Und die Theater, an Ernst niemandem nachstehend, sind ja auch nicht immer das, was einem die Augen öffnen könnte. Vielleicht sind sie schuld, wenn er blöd schaut, und nicht er, der Bürgermeister. Nein, keinen Schöngeist für Kreitzberg. Keine Verwirrung für die Bürger. Bruno schaute auf die Gesundheit seines Empfindens, das war er seiner gesunden Stadt schuldig. Nur als er auf Poes Worte gestoßen war, nein, der Bürgermeister las nicht Poe, weder Poe noch anderes, das ihn in eine andere Welt hätte locken können außerhalb von Kreitzberg und seiner Seelenkammern, das wäre Verrat an meiner Stadt, meinte er, zufällig war er auf Poe gestoßen in der Sinnsprücheecke einer Zeitschrift, im Wartezimmer seines Arztes hatte er herumgeblättert, auf Poes Wort von den tiefer angelegten Naturen, die einen Hang zu alkoholischen Getränken hätten, da horchte er auf. Das also ist es, sagte er sich, was mich bisweilen verleitet, das. Ich strebe nach Tieferem, oder nach Höherem, kommt auf den Standpunkt an, nach Vollendung gar. Fortan tat Bruno alles, was er nur irgend konnte, um eine tief angelegte Natur zu werden. Das muss doch funktionieren, sagte er sich nach jedem Kater, und wenn nicht heute, dann eben morgen. Weiterüben, die Vollendung im Auge behalten. Nie locker lassen.

Da saß der Bürgermeister nun und überlegte. Der Mensch wird nicht fertig damit, dass er das höchste Wesen ist. Er ist noch nicht reif für diesen Rang. Also erfindet er sich einen Gott. Der ist schon reif. Das bin ich auch. Ich brauche also keinen Gott, denn ich bin das höchste Wesen. Bin reif und werde fertig damit, dass ich das höchste Wesen bin. Und Bruno war sich sicher, dass das päpstliche Unfehlbarkeitsdogma auch für Bürgermeister gelten müsste in Hinkunft und für alle Zeit. Da der Mensch in seinem Bedürfnis nach sozialem Zusammenhalt nach einem höchsten Wesen sich sehnt, das die Führung der Sozietät übernimmt, bietet sich der Bürgermeister, nur der Bürgermeister an, diese Sozietät zu führen. Unter allen höchsten Wesen ist er nun das allerhöchste. Daraus ergibt sich der Schluss: Der Bürgermeister ist das höchste Wesen im All.

So gerüstet mit tiefen Überlegungen und tief abgeleiteten Schlüssen trat der Bürgermeister aus dem Rathaus und hinein ins Volk. Er erwartete, dass dieses Volk seine, des Bürgermeisters auserwählte Rolle sofort erkennen, sich ihm zu Füßen werfen und die Zehen küssen würde. Wie groß seine Enttäuschung, als die ersten Entgegenkommenden einfach an ihm vorbeigingen. Die Menschen erkennen eben nie ihre höchsten Wesen, dachte der Bürgermeister still in sich hinein, das höchste Wesen ist ihnen zu hoch, blendet sie. Wie nicht anders zu erwarten, waren die Vorbeihetzenden Touristen, die einen fremden Bürgermeister nicht erkannten, die ersten Eingeborenen, denen Grobschneider begegnete, küssten zwar nicht seine Füße, doch grüßten artig. Freilich, kaum vorbei am Bürgermeister, sagten sie: Haben wir den treffen müssen, den Trottel, geht wieder ins nächste Wirtshaus und in zwei Stunden ist er besoffen wie eine eingelegte Williamsbirne.

Niemandem ist Wahrheit zuzumuten. Das Leben ist zu kurz für Wahrheiten, sagte der Bürgermeister in seinen philosophischen Minuten. Und er hielt sich daran. Nur keine Wahrheiten zumuten, das könnte die kurzlebigen Menschen unglücklich machen. Im milden Schein der zurechtgemachten Wahrheit lebt es sich leichter für den armen Hund. Zuallererst ist der Mensch eine Ware. Mensch wohl, aber auch Ware. Durch den Verkauf seiner Arbeitskraft, seine Fähigkeit zu Konsumation, seinen Beitrag zu Mehrwertsteigerung ist er Ware. Bruno hatte, seine Gedanken verrieten ihn, in der Wirtschaft herumstudiert vor langer Zeit. Natürlich ist der Mensch eine außergewöhnliche Ware, die außergewöhnlichste überhaupt, denn er ist eine Ware mit Seele. Bruno glaubte an die Seele, er war Mitglied einer Partei, der christliche Werte am Herzen lagen. Daher die Seele in der Ware. Aber halt auch Ware. Daher gelte, so schloss Bruno: Man soll nie zu wenig Mensch sein, aber zu viel darf man auch nicht sein. Das verdirbt den Warencharakter. Das Abwägen zeichnet den großen, den berufenen Mann aus, berufen, für sein Volk, dem Denken nur in Notfällen zugetan, zu denken.

Bruno war stolz auf sein soeben Gedachtes. Man müsse ihm sein Denken ja geradezu an den Augen ablesen können, die Sonne seines Geistes leuchten sehen, deren Ausstrahlung wahrnehmen, wenn er durch Kreitzberg schreite. Sich seiner derart vergewissernd, schritt Bruno weiter.

Den ehemaligen Galgenplatz müssen wir nützen, fuhr Bruno, wie von einem genialen Gedanken in die Arschbacken gestochen, auf, den Galgenplatz müssen wir wieder nützen, historisch, meine ich, nur historisch und touristisch selbstverständlich.

Für alles gibt es eine Ausbildungsstätte, nur für Bürgermeister nicht, so sinnierte Bruno vor sich hin. Pianisten werden ausgebildet, Juristen, Techniker, Ärzte, Tischler, nur die höchsten Wesen werden nicht vorbereitet auf ihre hohen Aufgaben, von A wie Antichambrieren bis Z wie Zaubern eines ausgeglichenen Haushalts trotz Ebbe im Stadtsäckel. Ein Bürgermeister kann alles, muss alles können, auch unter Druck und in Notzeiten, von unten nach oben scheißen notfalls sozusagen. Alles muss ein Bürgermeister können, alles, sagte der Bürgermeister. Man müsste eine Schule, nein, nicht Schule, das klingt so schlicht, man müsste eine Akademie für Bürgermeister einrichten, eine Hochschule. Das höchste Wesen ist letztlich zwar immer auf sich gestellt, keine Frage, doch muss es nicht auch noch unbetreut sein. Eine Hochschule für die höchsten Wesen, die, darin dem Genie und seinem inneren Zwang gleich, ihren Talenten nicht den Rücken zudrehen können, eine Höchstschule sozusagen.

Und er machte sich daran, ein Gebäude ausfindig zu machen, nicht irgendein Gebäude, ein würdiges müsste es sein. An eine Kirche dachte er, es könnte aber auch ein Festsaal oder ein überdachtes Stadion sein. Am besten allerdings eine Kirche, die wäre schon vertraut mit höchsten Wesen, oder doch zumindest mit einem.

Hier schritt das Schicksal ein. Ein Freund hatte wertloses, sumpfiges Land, unbrauchbar, unverkäuflich. Der Freund aber wollte verkaufen. Freunde lässt man nicht hängen, Freunden muss geholfen werden. Freunde sieht man nicht gern unglücklich, Freunde müssen zählen können auf einen. Genau dort, dort draußen im Sumpf soll unsere Akademie für Bürgermeister erstehen. Der ideale Platz. Ruhe, See, Wiese. Der Bürgermeister brachte nach zwei Jahre dauerndem Vor- und Planungsgeplänkel den Antrag ein: Bau einer Akademie im derzeit noch bewässerten, umgehend trockenzulegenden Gebiet im Westen der Stadt Kreitzberg. Nach städtischen Gepflogenheiten würde noch viel Zeit vergehen bis zum Spatenstich, aber der Sumpfgrund musste ja erst umgewidmet werden, der Preis würde sich dann von selbst seine Höhe suchen. Und so kam es. Der dicke Freund ist jetzt noch dickerer Freund, der Sumpf im Besitz der Stadt Kreitzberg, die Akademie am Reißbrett.

Er ist krankhaft humorlos, hieß es vom Bürgermeister, er trieft von Ernst, weil ihm für Humor das Hirnschmalz fehlt, das ist ihm zur Gänze in die Ernsthälfte geronnen. Bruno konnte nicht lachen. Wenn er zu lachen versuchte, und was ist ein Bürgermeister ohne sein Lachen, das er dem Volk zukommen lässt, wenn er also zu lachen versuchte, verzog er zwar seine Lippen, aber die Augen lachten nicht mit. Das Gesicht teilte sich in zwei. Das Grinsen, der schäbige und hinterhältige Bruder des Lachens, war Brunos Gesicht eher angemessen als das offen zugreifende, zugehende Lachen. Nur sein Eröffnungsbeißlachen funktionierte.

Der Besuch des Bundespräsidenten in der Stadt stand an. Bevor der Bundespräsident Bundespräsident wurde, war er ein alter Hase auf allen Gebieten von politischer Herumtreiberei, zählebig und dauergeschützt. Sein politisches Überleben sei seiner Vorsicht zuzuschreiben, hieß es, Selbstschutz sein größtes Anliegen. Waren Entscheidungen vor der Tür, trieben es, sich fair abwechselnd, seine Gedärme und seine Blase wild, und der Herr trat aus. Man könnte ja, im Fall des schiefen Laufs der Dinge, gefragt werden, warum man so und nicht anders entschieden habe, gar verantwortlich gemacht werden. Da wollte man doch lieber nie dabei gewesen sein, lästige Fragen gebe es dann keine. Also war unser Mann des Staates immer der Meinung der über ihm Stehenden, konsequent blieb er sich treu darin, keinen einzigen Ausrutscher, Abgleiter von der Chefmeinung hatte er sich je geleistet. Bewundernswert, immer so ganz einer Meinung zu sein mit der eben gültigen Ansicht, sagten Freund und Feind, ein eherner, unausrottbarer Mensch, wird es noch weit bringen in seiner Ebenmäßigkeit. Freilich, Verantwortung war und ist nur auf dem Papier und im Mund der Träger von Mandaten, geübt wurde und wird sie in der Praxis nicht, das hat vielleicht zu tun mit der Vorsicht von vorausschauenden Menschen, mit Instinkt. Politische Verantwortung hat mit realer Verantwortung so viel zu tun wie die Sau mit Rosenöl. Dennoch trat der Herr immer aus, sich fern haltend von allem, das Ungemach hätte bringen können. Es prägte sich das Wort, dass unser Herr, jetzt unser Herr Bundespräsident, chemisch rein sei von Zivilcourage. Nun, nach seiner Wahl zum ersten Bürger des Staates, war er jeden Zwang zu Zivilcourage und jeden Entscheidungsdruck los. Er musste nur mehr nett herum tun und die staatliche Liturgie zelebrieren.

Schon einer seiner Vorgänger hatte Meriten um Dubiositäten im Großen. Hartlebig wartete der, längst in vergoldeter Pension, darauf, dass alle Welt sich freundlich seiner besinne. Ein Staat nämlich hatte ihm verboten, dessen Boden je wieder zu betreten. Das nagte an ihm und hielt ihn am Leben. Eingekalkt wie er war, hatte er vergessen, dass er sich eine eigenartige Biografie seiner jugendlichen Jahre zugelegt hatte, die Nachforschungen nicht ganz standhielt. Das bremste ihn aber nicht, die Rücknahme des Betretverbots zu fordern, das wolle er noch erleben, sagte er jedem, der ihm in die Hände fiel. Und starb nicht. Man bedrängte den Staat, das Verbot aufzuheben, schließlich würde dann eine hohe Pension wegfallen. Der Staat aber blieb hart, und ebenso hart am Leben blieb der Gnade Erwartende. Irgendwann starb er doch, uralt und zerquetscht. Und hinterließ einen Packen Entschuldigungsschreiben. Zu Lebzeiten hatte er sie verlegt offenbar und nicht wieder gefunden. Nun aufgetaucht, sollten sie posthum Mitleid erregen, Verständnis einholen. Friede seinem Staub.

Aber der steht nicht zur Debatte, wir sind beim Besuch des gültigen Bundespräsidenten. Der kam, lächelte ausgiebig, drückte alle Hände warm, umarmte den Bürgermeister, der lehnte sich, unsicher auf den Beinen, an ihn, er schüttelte ihn ab, küsste die Hand der Bürgermeisterfrau und sagte, dass er sich freue, wieder einmal in Kreitzberg zu sein. Der Bürgermeister raffte seine glasigen Augen, die Bürgermeistergattin reckte den Hintern ins Volk, das aufjohlte nach des Bundespräsidenten Worten. Der Bundespräsident fragte, ob man das schöne Denkmal der Kaiserin Maria Theresia noch habe, das gehe ihn zwar persönlich nichts an, amtsmäßig aber schon. Als erster Bürger des Staates könne er das Verschwinden von Vorgängern und Vorgängerinnen als erste Bürger des Staates nicht hinnehmen, deren eventuelle Entrümpelung sei ein abscheulicher Charakterzug, eine Perfidie sondergleichen, die Herde habe zusammenzubleiben, Tote und Lebende gleichermaßen. Wo ist Maria Theresia, wo, fragte der Bundespräsident ein ums andere Mal, und hörte zu fragen auf, als keine Antwort kam. Der Bürgermeister mit seiner Geistesgegenwart rettete die Situation, indem er dem Bundespräsidenten ein Glas Rotwein über den Anzug schüttete. Maria Theresia war vom Tisch. Der Bundespräsident, ebenso geistesgegenwärtig wie der Bürgermeister, lachte geistesgegenwärtig und verlangte geistesgegenwärtig Wasser und ein Tuch, noch besser einen anderen Anzug, Rotwein ist hartnäckig, mit Wasser ist da nichts auszurichten, einen anderen Anzug bitte, und den da heb ich mir auf als Andenken an Kreitzberg. Da johlten die Umstehenden wieder, und der Bürgermeister schüttete noch ein Glas Rotwein über den Anzug, weil es eh schon wurscht ist, und wenn Sie, Herr Bundespräsident, ein Andenken wollen, muss es groß sein. Der Bundespräsident lächelte etwas weniger als beim ersten Glas und sagte, dass es jetzt gut sei mit Andenken, er werde Kreitzberg schon nicht vergessen. Und er müsse jetzt weiter, die nächste Stadt warte schon auf ihn. Bravorufe, Kusshände, der Dienstwagen fuhr vor. Und die Bürgermeistergattin haute dem Bürgermeister und Gatten eine herunter, dass es den vom Podium warf. Der Bürgermeister rappelte sich unter dem Gejohle der Menge auf, verzog den Mund und murmelte, dass er schon wieder missverstanden worden sei, wie er immer missverstanden werde, das sei sein Schicksal, jetzt gar von seiner eigenen Frau, dieser dauernd läufigen Schastrommel. (Bruno hatte die Neigung, ausfällig zu werden, oft, doch nicht immer konnte er sie unterdrücken.) Dafür fasste er von seiner Frau noch eine aus, der Chauffeur fing ihn aber auf, bevor es ihn wieder vom Podium trug, und putzte ihm den Anzug ab. Damen der Gesellschaft begütigten und beruhigten die zu weiteren Ohrfeigen bereite Frau. Das Volk johlte. Und trank vom Freibier. Und war sich einig, dass das ein prächtiger Tag gewesen ist.

Haben Sie einen fahren lassen, fragte der Bürgermeister den neben ihm sitzenden langsamen Sekretär und Schlechtsprecher. Was, ich, meinen Sie mich, fragte der Berater zurück, wie kommen Sie darauf, verehrter Herr Bürgermeister. Wie werde ich schon darauf kommen, da ist jemand nicht gerade knausrig mit seinen Gerüchen, es stinkt, es stinkt erbärmlich, und das in einem Saal mit Würde während einer Amtshandlung mit Würde, welches Schwein hat sich hier vergessen. Der langsame Sekretär war sich nicht sicher, denn da er zumeist in einer Art Halbschlaf war, war er sich nie sicher, ob er was angestellt hatte oder nicht. Aber einen fahren lassen während einer Sitzung, nein, das konnte er sich nicht vorstellen. Ganz leugnen konnte er es aber auch nicht. Er wusste es einfach nicht, jedenfalls nicht genau. Er war zu müde um nachzudenken über sich und seine Fürze, einfach zu müde. Er roch in die ihn umgebende Luft hinein, fächerte mit einem Stoß Papier herum, schaute den Bürgermeister an und zuckte mit den Schultern. So kam es, dass die Gemeinderatssitzung unterbrochen wurde, der Bürgermeister war dafür, und nach der Pause war der Sekretär nicht mehr da. Er war im Foyer eingeschlafen.

Der Bürgermeister meinte, dass Kreitzberg dringend einen großen Sohn oder eine große Tochter bräuchte, eine Persönlichkeit jedenfalls, mit der man angeben und hausieren gehen könne. Nach Suchen und Denken einigte man sich auf einen Sänger, der seine Jugendjahre in Kreitzberg verbracht hatte. Einen, der sich selbst begleitet und seine Texte selbst häkelt, da sie dann wie von selbst aus dem Mund purzeln würden, fremde Texte jedoch hätten es an sich, sich im Mund zu verfangen und dann gar zu verstecken, oder den Mund nur widerwillig, stotternd und stockend zu verlassen. Desgleichen der Ton, es gehe nichts über den Eigenton, den maßgestrickten. Komponierte, dichtete, sang und spielte sich alles von Leib und Seele, von Herz bis Schmerz und auch wieder zurück. Ein Mann, der nichts übersah, nichts versäumte. Der Mann der tausend Talente.

Der große Sohn wird Ehrenbürger von Kreitzberg, beschloss auf Antrag des Bürgermeisters der Gemeinderat, ein Festakt wurde geplant zur Übergabe der Urkunde. Ein Klavier wurde in den Gemeinderatssaal transportiert, der Sänger begleitete sich nämlich selbst, das auch noch. Der Tag kam, der Sänger kam, der Bürgermeister kam, die Gemeinderäte kamen, die Massen kamen wie Ungeziefer zur Brotkrume, ältere Damen größtenteils zum Bedauern des Sängers, der, wie er wiederholt sagte, Jäger sei, leidenschaftlich gern junge Hasen schieße, obwohl er selbst schon der Generation angehört, die kaum mehr Schritt halten kann mit denen, denen er so gern auflauert. Der Bürgermeister schwitzte vor Aufregung, goss sich einen Liter Wein ein zur Beruhigung und trat ans Rednerpult. Hier in dieser gottgesegneten Gegend wurde, Verehrtester, Ihr musikalischer Genius geweckt, hier in diesem Landstrich stand die Wiege Ihres unvergleichlich leichten Blutes, hier in dieser Brutstatt der Begabungen reiften auch Sie heran, alle andern zu Schatten machend, denn Ihr Genius trug Sie über alle Grenzen hinaus in die Welt. Und zum Dank dafür, dass Sie, Verehrter und Umjubelter, Ihre Heimat nie und nimmer vergessen haben, wird Ihnen heute die Ehrenbürgerschaft von Kreitzberg verliehen. Applaus, Überreichung der Ehrenbürgerurkunde, Foto, Applaus, der Sänger gerührt, das Publikum stolz auf seinen Sohn, der Bürgermeister besoffen. Dann sagte der Sänger danke, und das sei die größte Ehre, die ihm im Leben widerfahren könne, und es sei ja kein Wunder, dass man groß werde, wenn man in dieser Landschaft aufgewachsen sei, die schon Genies sonder Zahl gefüttert habe mit musikalischen Gedankengängen, und dass man da gar nicht anders könne als ein Genie werden, und dass er jetzt zum Dank das machen wolle, was er am besten könne, singen. Ich sing euch eins, liebe Landsleut. Aber vorher wolle er noch seinen größten Wunsch anbringen, denn es sei nun einmal sein größter Wunsch, in seiner Heimat begraben zu werden. Jetzt, jetzt gleich, fragte eilig der dicke Sekretär, worauf er eine Ohrfeige einfing und Bruno auf der Stelle dem Ehrenbürger ein Ehrengrab als Draufgabe schenkte. Für später, Herr Professor. Dann sang der Ehrenbürger und Beschenkte ein allen bekanntes Lied, und die einen lächelten selig und die andern weinten. Die Bürgermeistergattin, Weihnachten im Gesicht, drückte sich an den Sänger und erzählte ihm, dass es zu ihren schönsten Erinnerungen zähle, als sie mit ihrem Mann in Bosnien gewesen sei und abends, beim Wein, wie aus dem Nichts des Sängers Stimme über sie hereingebrochen sei mit einem ach so schönen Lied vom Wein, eben den Wein habe man gerade getrunken, und es sei die romantischste Stunde ihres Lebens gewesen, danach sei ihr gar nichts anderes übrig geblieben, als sich dem zukünftigen Bürgermeister, damals noch das, was man aufstrebend nennt und es sei mit ihm noch was anzufangen gewesen, hinzugeben, der Sänger, und das sei seine größte Eigenschaft, sei ein Stifter von Liebe, so müsse man wohl sagen.

Bruno wurde, da konnte er, so sehr er auch wollte, nichts dagegen tun, an seinem Vorgänger, eingeschoben zwischen Vaterbürgermeister und Sohnbürgermeister, gemessen, einem trinkfesten Gentleman mit Charme. Wie gesagt, trinkfest, nicht versoffen. Wie entscheidend der Unterschied ist, sah man beim alljährlichen Rundumtrunk des Bürgermeisters zu Silvester. Der Bürgermeister lud die Bevölkerung in die Halle der Natur. So bezeichnete er einen Park. Im Freien würden die Menschen sich nicht allzu lang aufhalten wollen. Einer gegen tausend. Die Bevölkerung durfte antanzen und dem Bürgermeister alles Gute zum Jahreswechsel wünschen und der Bürgermeister wünschte zurück. Grobschneiders Vorgänger erledigte diese Wünscherei mit aller Lässigkeit, prostete den Wünschern zu und stand nach vier Stunden noch immer ehern da. Von Grobschneider dagegen wurde gesagt, dass ihm letztes Jahr sechshundert rührselige Einwohner von Kreitzberg alles Mögliche gewünscht haben, und jeder habe ein Glas mit dem Bürgermeister, vor allem auf ihn, getrunken, er aber, Grobschneider, habe auf diese Art eben auch sechshundert Gläser intus gehabt nach der Gratulationstour. Das war natürlich eine plumpe Übertreibung, Gerüchte übertreiben, Tatsache aber war, dass Grobschneider den einhundertsten Gratulanten mit glasigen Augen angrinste und sich am einhundertfünfzigsten anklammerte, den zweihundertsten so vehement als Stütze benutzte, bis er ihn endlich niederriss. Da lagen sie nun, Wünscher und Bewünschter gemeinsam im Schnee. Der eine kam auf, der andere wurde hoch gehievt, wie eine Leiter an die Wand gelehnt und bekleckerte den Schnee mit Ausgeworfenem. Nicht nur zu Silvester, die guten Sitten und Manieren des Vorgängers verschwanden überhaupt, sowohl aus dem Rathaus wie auch aus dem Alltag, die Hemdsärmeligkeit zog ein. Und damit die Lautstärke. Ich, der Bürgermeister, hörte man Grobschneider vormittags durchs Rathaus brüllen, und wieder Ich, der Bürgermeister. Ich, der Bürgermeister, befehle, will keinen Widerspruch, bestehe auf, erwarte, verlange, und was es an auf Gehorsam bestehenden Beifügungen sonst noch gibt. Ich, der Bürgermeister, wurde zum Wort des Hauses. Die Höflichkeit des Vorgängers wurde zur bloßen Floskel eines charmanten Nichtstuers erklärt.

Nannte man den Vorgänger den Vater seiner Stadt, so bezeichnete man Grobschneider als deren Gevatter. Jetzt schon. Der Gevatter seiner Bürger und seiner Stadt.

Das Verhältnis zwischen Grobschneider und seinem Vorgänger war nicht herzlich. Grobschneider kam, nur Gott weiß wie, dahinter, dass sein Vorgänger seinen Charme höchst erfolgreich bei seiner, Grobschneiders, Gattin eingesetzt hatte, viele Jahre lag das zurück. Kurzum, Grobschneider konnte seinem Vorgänger nie verzeihen, dass er seine, des jetzigen Bürgermeisters, Frau nackt und flach gesehen hatte. Mein Gott, der ist schon wieder da, pflegte er zu sagen, wenn der Vorgänger auftauchte, der schon wieder, wie peinlich, der kennt meine Frau nackt.

Warum nur sind Einnahmen bei uns Ausnahmen, dabei bräuchte ich Ausgaben für meine Eingebungen, stöhnte Bruno. Die Schulden der Stadt wuchsen. Die vielen Projekte. Immer, wenn der Bürgermeister in die leere Stadtkasse schaute, wurde er traurig, dann packte ihn Verzweiflung, schließlich geriet er in Wut. Und war er erst einmal in Wut, brach die Gewohnheit auf, oder besser die Besessenheit, sich in aussichtslosen Situationen die Kleider vom Leib zu reißen. Da die Stadt ziemlich pleite war, war der Bürgermeister oft nackt. Oft saß er nackt in seiner Kanzlei, umgeben von seinen Kleidern, schrie, raufte sich die Haare und wusste nicht weiter. So auch am zwanzigsten Mai. Doch an diesem Tag hielt es den Bürgermeister nach einem neuerlichen Kassensturz nicht mehr in seinen Amtsräumen. Haarezausend und nackt lief er über den Hauptplatz und schrie ein ums andere Mal: Ich brauche eine neue Brücke. Und ein neues Hallenbad. Und ein neues Stadion. Und ein neues Kongresshaus. Und neue Straßen. Und ein neues Rathaus, das alte ist schon verbraucht durch die vielen Streitereien. Und eine neue Straßenbahn. Und ein neues Palmenhaus. Und einen neuen Alten Platz. Und einen neuen Hauptplatz. Und ein neues Schloss, das alte zerfällt schon. Und ein neues Fernheizwerk. Und ein Einkaufszentrum, die Bürgerschaft will zentral versorgt sein. Und einen neuen Zoo, die Kinder der Stadt wünschen sich das. Und einen neuen Bahnhof, vor dem alten scheuen schon die Züge. Und einen neuen Dom, der alte tuts nicht mehr. In meiner Ägide ist noch nichts entstanden. Und kein Geld. Und die heilige Jungfrau Maria, zu der ich immer beten tu, tut mir auch nicht helfen. Kein Geld. Gerade noch für Bier. Gebt mir Bier.

Man gab ihm Bier, obwohl doch deutlich war, dass der Bürgermeister keine Geldbörse bei sich hatte. Er tat den Stadtbewohnern leid. So stand der Bürgermeister nackt am Hauptplatz, weinte wegen der leeren Stadtkasse und trank Bier und dann Wein, bis er umfiel. Decken wurden unter und über ihn gelegt, und er schlief seinen Rausch aus. Morgens, in die Decken gehüllt, schlich er ins Rathaus. Er turnte in seine Kleider, wusch sich im Vorzimmerwaschbecken oder auf der Toilette, und alles nahm wieder seinen Tageslauf, normal, als wäre alles normal. Und das war es ja auch, denn alles lief gewohnheitsmäßig ab.

Des Bürgermeisters nach jeder Abmagerungskur immer wieder ansehnlich fleischig gewordene Frau war nie traurig oder auch nur nachdenklich, wenn ihr Gatte nicht nach Hause kam. Er, der sein Bier- und Weinleben führte, taugte nicht mehr viel im ehelichen Gepfühl. Die Gattin, lebensvoll noch und ausgelassen, wusste sich in solchen Nächten das Vermisste zu holen. Jedem das Seine. Die Ehe war gesund und aufrecht durch all die vielen Jahre, die man gemeinsam nicht verbrachte. Sie funktionierte weiter nach den gegenseitigen Bedürfnissen und ihrer den anderen nicht störenden Hochhaltung.

Hören Sie, sagte Bruno zum dicken Sekretär, das ärgert mich, dauernd diese Beförderungs- und Überstellungswünsche, widerlich. Die Angestellten einer Stadt sollen es sich zur Ehre anrechnen, für ihre Stadt arbeiten zu dürfen, aber die, die wollen immer etwas. Vor allem mehr Geld, abscheulich. Dabei sind sie im Grunde, aber sagen Sie das nicht unbedingt weiter, im Grunde sitzen hier lauter Sozialfälle. Ein Mensch, der sich etwas zutraut, geht nicht in eine Stadtverwaltung, der steht auf eigenen

Beinen. Um mich sitzen lauter Leute, die nur auf fremden Beinen stehen können. Und dann nicht zufrieden sein. Wollen, wollen, mehr wollen, noch mehr wollen. Ja, zum Teufel, wohin soll das führen, wir müssen sparen. Wir brauchen eine Kommission, die solche Extrawünsche beurteilt. Und dann verurteilt. Der Hirrach ist frustriert genug, den nehmen wir als Vorsitzenden, der ist gegen alle. Der Hirrach, der hat immer etwas werden wollen, ist aber nichts geworden, der ist der Richtige, so einer schaut, dass auch ein anderer nichts wird, der gönnt keinem etwas. Wissen Sie, man braucht ein paar Leute, die wissen, was ich will, und dann in meinem Sinn die dreckige Arbeit erledigen. Ich kann mich doch nicht selbst anpatzen, das muss man doch verstehen. Bruno holte aus: Bestelle nie einen, der selber ein König ist, der ist großzügig, nimm einen Bettler, der gibt nichts ab. Was ist mir da wieder Tolles eingefallen, dachte Bruno und ernannte Hirrach auf der Stelle zum Vorsitzenden der Beurteilungskommission.

Und holen Sie mir die Personalvertreter, denen gebe ich eine kleine Zulage. Das hab ich gelernt, als ich Sekretär war. Sehen Sie, ich war auch einmal Sekretär, und was ist aus mir geworden. Ich sage Ihnen, Sekretär ist ein guter Anfang, kommt nur auf Sie an, was Sie daraus machen. Mein Chef hat immer den Personalvertretern ein paar Zuckerln gegeben, wenn er Tausende, Hunderttausende einsparen wollte. Gib fünf Menschen wenig, aber gib, und sie halten den Mund, wenn du Tausenden nichts gibst. Ihr gefütterter Säckel verschließt ihnen den Mund. Dem Hirrach geben wir auch was, irgendwas, über das er sich freut. Der freut sich über alles. Und dann werden der Hirrach und die Personalvertreter spuren. Und die Stadt erspart sich einen Haufen Geld.

Dr. Hirsch dachte kurz, ob das alles auch für einen Bürgermeister gelte, da doch ein Bürgermeister sein Geld auch nicht im freien Wettbewerb verdiene, sondern einfach aus der Stadtlade versorgt werde, nicht zu knapp obendrein, aber schnell verwarf er diesen Gedanken, fand ihn unanständig und ihm nicht zustehend.

Besser die kleine Stadt am großen See als die große Stadt am kleinen Wasser. Das Rundum macht eine Stadt aus, nicht ihr Kern. Alles läuft harmonisch zusammen, Menschen, Wetter, Gegend, Lebensfreude. Bruno war glücklich, wenn er an seine Stadt dachte. Er dachte täglich. Er wollte in keiner anderen Stadt sein.

Klar, in einer anderen Stadt wäre er nicht Bürgermeister, höchstens Rathausportier, sagten Brunos Gegner. Unter anderen war der Portier Brunos Gegner. Er konnte seinen Bürgermeister nicht ausstehen, wenn der auch seinen höflichsten Gruß partout nicht erwiderte, nicht einmal mit dem Kopf nickte. Das war er von Brunos Vorgänger nicht gewöhnt, der nicht nur freundlich zurückgrüßte, sondern sich gleich morgens nach dem Wohlergehen der Portiersfamilie und aller Anverwandten erkundigte und eine Schnurre von gestern zum Besten gab. Und jetzt nicht einmal gegrüßt.

Der Bundeskanzler, von derselben Parteifarbe wie der Bürgermeister, mit dem Habitus eines ausgetrockneten, vor dreißig Jahren präparierten Vogels, ein dauergewelltes Geschöpf zur Seite, ließ sich herab, Kreitzberg zu betreten.

Ich bin Bruno Grobschneider, der Bürgermeister von Kreitzberg, dieser gottgewollten Stadt am See, sagte der Bürgermeister zur Begrüßung.

Ich weiß, ich weiß, sagte der Bundeskanzler, doch der Bürgermeister war nicht zu stoppen, was er einmal gelernt hatte, musste auch raus aus ihm. Unser liebes Kreitzberg hat achtzigtausend Einwohner, männlich und weiblich, großteils wird von ihnen noch immer Deutsch gesprochen, ist fast eintausend Jahre alt, hat im Süden Industrie, im Norden nichts, im Osten die Müllverbrennung und im Westen den grünen See, unseren schönen Würzelsee.

Ich weiß, ich weiß, sagte wieder der Bundeskanzler. Das stachelte den Bürgermeister nur an. Große Söhne und Töchter haben wir reichlich, fast schon im Übermaß. Jedes Jahrhundert hat Söhne und Töchter ausgestoßen. Da sind einmal Tonnen von verdienstvollen Bürgermeistern und auch Vizebürgermeistern. Ferner ist da der Dichter, der Dichter, ein, der Bürgermeister schaute auf seinen Schmierzettel, legendärer …

Ich weiß, ich weiß, sagte der Bundeskanzler schon wieder.

Sonderlinge hatten wir auch. Den Gauder Franze zum Beispiel, der nur vom Stadtpfarrturm herunter pissen wollte, auch gar nirgends anders konnte.

Gut, gut, Herr Bürgermeister, sagte der Bundeskanzler, den wollen wir uns nicht realiter geben hoffentlich. Alle lachten. Der Bürgermeister nicht. Er verstand etwas von einem Liter, meinte, der Bundeskanzler verlange danach, und fuhr den dicken Sekretär an, wo der Wein bliebe, der Herr Bundeskanzler lechze danach. Der dicke Sekretär fuhr eine Sekretärin an, die einen für organisatorische Fragen Zuständigen, der den nächsten neben ihm Stehenden, und der, letzter in der Kette und ohne einen unter sich zum Anfahren, rannte um Weinflaschen. Nun muss man wissen, dass Kreitzberg stolz war auf seine

Null Komma zwei Hektar Weinanbaufläche. Dort hegte man ein paar Weinstöcke, die trotz aller Pflege ausschauten wie räudige Ziegen. Und so schmeckte der Wein, der dort geerntet und gekeltert wurde. Wer kostete, sattelte um auf Bier. Der Bundeskanzler, Sohn eines Winzers, von klein auf mit Wein vertraut, nahm einen Schluck des eingeborenen Weines. Er hielt ihn lange, aber nicht zu lange im Mund, ließ ihn durch die Mundhöhle fahren und schaute dann verschreckt um sich und in die Bürgermeisteraugen und suchte ein Eck zum Ausspucken.

Was war das, Herr Bürgermeister, was war denn das?

Unser Wein, verehrter Herr Bundeskanzler.

Wein? Wein war das? Sind Sie sicher, dass das Wein war?

Absolut.

Und wo wächst das, was in meinem Mund war?

Auf unseren geheiligten Rieden aus Keltenzeit.

Müssen saure Zeiten gewesen sein. Ist bei Ihnen alles aus Keltenzeit?

Vieles, sehr viel, Herr Bundeskanzler, nur unsere Frauen nicht. Dazu lachte Bruno leicht, ganz leicht, wie er immer tat, wenn er meinte, ein Witzchen sitze.

Jaja, die Frauen, die Frauen. Besser als der Wein hier. Und der Bundeskanzler ging ab ins Volk, plauderte, dann nahm ihn sein Sekretär unter den Arm und sagte, dass man jetzt aber ins Landesmuseum müsse, oder ins Landesarchiv, in irgendwas Historisches halt.

Wie heißt der Bürgermeister eigentlich, fragte der Bundeskanzler seinen Sekretär.

Grobschneider, das ist der Bürgermeister Bruno Grobschneider.

Soso, Grobschneider. Der Name ist wohl Programm. Gehen wir.

Bruno blieb zurück, er werde gleich nachkommen, rief er dem Kanzler zu. Ich kenne das alles schon, sagte er sich, da hab ich mich schon x-mal gelangweilt, nicht noch einmal. Bruno war beleidigt. So zu reden über unseren Wein. Gut, wenn er dir nicht schmeckt, du eingebildeter Kanzler, dann trink ich unseren Wein eben allein, und er nahm ein paar Gläser zu sich. Dann machte er sich zu Fuß auf den Weg, den Kanzler irgendwo wieder zu treffen. Die Bürgermeisterin war mit dem Chauffeur vorausgefahren. Und plötzlich, von einem Schritt auf den nächsten, ging der Bürgermeister immer langsamer und langsamer, zaghaft schon, immer zaghafter. Und da blieb er stehen. Dieser verfluchte Wein, unser verfluchter Durchreißer, hätte man Bruno sagen hören können. Kurz, es lässt sich ja doch nicht verschweigen, Bruno hatte sich die Hosen voll geschissen, aus den Hosenröhren lief das weindünne Zeug. Der Wein, der saure Wein. Da stand er nun, und da er schon überfällig war, suchten ihn Bürgermeisterin und Chauffeur. Oh du Sau, sagte die Bürgermeisterin, nachdem sie ihrem Gatten nahe gekommen war, du stinkende Sau von einem Bürgermeister. Und ich war Patin von diesem Gesöff, das hast du mir eingebrockt, jeden Tag sollst du dich anscheißen dafür. Jaja, schon gut, ich brauche ein Bad und einen frischen Anzug. Und der Chauffeur brachte seinen Herrn bei offenen Wagenfenstern bis vor die Haustür.

Bruno strahlte. Strahlend schon war er ins Rathaus gekommen. Dem Portier hatte er einen guten Morgen gewünscht und sich bei ihm erkundigt, wie es der verehrten Frau Gemahlin gehe und ob die Kinder wohlauf seien. Dann grüßte er reihum alle, die ihm begegneten, ganz gegen seine Art, einen Gruß abzuwarten. Was für ein

Tag, was für ein himmlischer Tag, blies er hinein in sein Sekretariat, bevor er in sein Büro ging, nicht ohne vorher den Damen des Sekretariats Kusshände zugeworfen zu haben. Was hat er? Hat ihn ein Pferd getreten? Wird doch nichts Schlimmes sein? Wahrscheinlich ist er so glücklich, weil er sich heute noch nicht angeschissen hat. Das leuchtete ein, man fragte nicht mehr. Hauptsache, er ist glücklich, dann traktiert er uns nicht. Was immer es ist, es soll uns recht sein. Bruno hüllte sich in Glück und Schweigen.

Ich lebe nicht gern, vor allem nicht in Kreitzberg, sagte der betagte Historiker und Chronist August Remschad, ich verblöde und Kreitzberg tut dasselbe. Ich in aller Stille, Kreitzberg mit aller Lautstärke. Als dem Bürgermeister diese Worte zu Ohren kamen, wurde die geplante Verleihung des städtischen Ehrgroschens an den um die Geschichtsschreibung Kreitzbergs und als Volksbildner verdienten Remschad abgeblasen. Worauf der seinen Lehr- mit dem Lehnstuhl vertauschte. Ich habe meine Fehler gemacht, nun macht mal eure. Das waren Remschads letzte Lehrworte.

Was, der Herr Professor will nicht mehr? Dann soll er es bleiben lassen. Ich hasse Professoren sowieso, sie trinken, prügeln Frauen und Kinder und hängen ihre Hunde am Schwanz auf. Da niemand nachfragte, wie Bruno zu dieser Ansicht über den Professorenstand gekommen war, blieben seine Worte über Kreitzberg und dessen Professoren hängen.

Sänger, die sich zu Tode sangen für ihre Stadt, Blasmusiker, die sich zu Tode bliesen für ihre Stadt, Volkstänzer, die sich zu Tode tanzten für ihre Stadt, Fahnenschwinger, die sich zu Tode schwangen für ihre Stadt, sie alle liebte Bruno. Sie tragen noch unser Volk und unsere Stadt im Herzen, pflegte er zu sagen, sie alle verdienen Lob und Anerkennung. Ihnen allen den Ehrgroschen im Vorbeigehen in die Hand zu drücken oder zuzuwerfen, den posthum Geehrten, die das Totsingen, Totblasen, Tottanzen und Totschwingen allzu wörtlich genommen hatten, ins Grab nachzuschleudern und Lob und Anerkennung auszusprechen, wie es in den Verleihungsurkunden hieß, gehörte zu Brunos leidenschaftlichsten Momenten. Er war eben der Mann des glücklichen Volkes. Die Unglücklichen sollten abseits bleiben. Bruno: Sie tragen nichts bei zu Wert und Produktivität der Gemeinschaft, sie sind der faule Punkt im Apfel.

Bruno lernte die Verzweiflung kennen. Seine Tochter, die jüngere, war nicht zu finden eines Tages. Ein kluges Mädchen von achtzehn Jahren. Verschwunden. Kam abends nicht heim. Kam auch am nächsten Tag nicht. Bruno und seine Frau riefen alle Freunde an und alle Freunde der Tochter. Nichts. Nach drei Tagen begann die offizielle Suche. Das Mädchen blieb verschwunden. Bruno machte sich Vorwürfe. Vielleicht hatte er zu wenig Zeit gehabt für seine Kinder, als sie aufwuchsen. Die Kinder, zwei Mädchen, riefen den ganzen Tag nach dem Vater, der Vater ließ sich den ganzen Tag nicht blicken. Sie würden schon verstehen, dachte Bruno damals, dass er sich um sein Weiterkommen, seinen Aufstieg kümmern müsse, später dann würden sie alles verstehen, dann, wenn sie die Früchte seines Bemühens miternten werden. Doch jetzt, nach dem Verschwinden seiner Tochter, war Bruno im Zweifel. Hätte ich mich doch mehr um sie kümmern sollen. Einen halben Tag lang grübelte Bruno. Aber die andere ist doch ganz in Ordnung, dachte er, der fehlte er nicht, der fehlte überhaupt nichts offenbar, die war schon dabei, in seine Fußstapfen zu treten, tüchtiges Mädchen, die ersten Parteileitern schon erklommen, ganz der Herr Papa, hieß es. Der Gedanke an die andere, die strebsame Tochter beruhigte Bruno so sehr, dass er das Verschwinden der jüngeren auf die Labilität ihrer Seele schob und für die andere Hälfte des Tages sich mit Vergessen rüstete. So labile Seelchen können in jeder Familie vorkommen, auch in einer so starken wie meiner, meinte Bruno nur und abschließend. Töchterchen würde schon wieder auftauchen.

Einmal pro Monat gingen Bruno und sein Stab, Sekretäre, Dr. Hirsch und Büromitarbeiter, zum Psychiater. Gemeinsam, Gruppensitzung, um Kosten zu sparen. Bruno warf sich auf die Couch, sein Stab gruppierte sich am Boden um ihn, der Psychiater, ausgesucht von Bruno, stellte die Fragen. An den Stab. Wie sie mit dem Druck des Berufes umgingen? Wie es mit ihrer Liebe zum Chef bestellt sei? Und zuhaus, klappe da wohl alles? Denn wenn es zuhaus nicht klappe, wie solle es dann auswärts klappen. Und sei der Chef wohl allgegenwärtig als Traumbild den ganzen Tag? Könne das jeder reinen Gewissens bejahen? Und wenn nicht, warum nicht? Doch da gab es nur ein vielstimmiges Ja, Bruno nickte, ließ sich von der Couch rollen und machte den nächsten Sitzungstermin aus, Teilnahme obligatorisch.

Termine, Termine, diese Termine, sie halten mir das Leben auf, konnte man Bruno klagen hören. Er konnte nicht sagen, was er gelebt hätte ohne Termine. Erst einmal keinen Termin haben, dann würde man schon sehen. Aber noch waren Termine zu erledigen.

Zum ersten morgendlichen Gesprächstermin kam der Bildhauer Hans Benda. Er wollte einen städtischen Auftrag. Er muss sich nicht ausziehen, dachte er, der Bürgermeister soll im Gewand bleiben, so teuer komme ich ja nicht.

Ich habe kein Geld für einen Auftrag, sagte der Bürgermeister, für nichts habe ich Geld. So viel immer Sie mir von ihren Nöten erzählen, ich kann nichts tun für Sie.

Dann nehme ich mein letztes Geld, kaufe Sprengstoff und jage Ihr Rathaus in die Luft, sagte der Bildhauer und ging. Im Hinausgehen sagte er noch, der Bürgermeister könne von Glück sagen, dass er zu wenig Geld habe, um ausreichend Sprengstoff zu kaufen, sonst würde er nicht nur das Rathaus, sondern auch den Hauptplatz sprengen, er müsse sich mit einem Teil begnügen, den allerdings werde er gründlich bearbeiten.

Laufen Sie ihm nach, sofort, sagte der Bürgermeister zu seinem zweiten Sekretär, sagen Sie ihm, es gibt einen kleinen Auftrag für ihn, ich kenne den Kerl, der ist zu allem fähig. Wenn er sagt, er sprengt, dann tut er es auch. Laufen Sie. Stehen Sie nicht herum, laufen Sie.

Laufen Sie, zum ersten Sekretär das zu sagen, wäre sinnlos gewesen. Der dachte gerade nach, wie er im Stehen ohne umzufallen ein Schläfchen machen könnte.

Der zweite Sekretär, wir kennen ihn schon, dick, einen Kopf wie eine überreife Fleischtomate, Plattfüsse, rannte los, das heißt, so gut er halt konnte. Er konnte nicht gut, so dauerte es eine Weile, bis er den Bildhauer, der schon am Hauptplatz war, eingeholt hatte. Er hatte das Glück, dass der Bildhauer, der sonst mit schnellen Schritten durch die

Stadt ging, schon stand. Da stand er mit zornrotem Gesicht und ballte die Faust gegen das Rathaus.

Zu zwei Drittel ist die Erde von Wasser bedeckt, zu einem Drittel von Idioten. Und in dieser Welt muss ich leben.

Regen Sie sich nicht auf, es gibt einen Auftrag, keuchte der Sekretär Nummero Zwo, keinen Großauftrag, aber einen Auftrag.

Was ist das, kein Großauftrag, soll ich was basteln aus Draht?

Nein, nein, das wird Gegenstand von Besprechungen sein, es wird schon was Schönes werden für Sie.

Ich mache nichts Schönes, ich mache Wahres.

Gut, gut, dann wird es ein schöner Auftrag für was Wahres werden.

Glück für den Bürgermeister. Ich war schon unterwegs, mir Sprengstoff zu besorgen. Wann bekomme ich den Auftrag?

Bald, bald.

Bald ist kein Zeitrahmen, bald ist nichts. Bald ist zerfließende Zeit. Werden Sie genau.

Dazu habe ich keine Befugnisse.

Dann gehen wir zurück zum Bürgermeister.

Nein nein, nicht jetzt.

Doch doch, jetzt.

Und der Bildhauer nahm den Sekretär unter den Arm und schleppte ihn hinein ins Rathaus, hinauf in den ersten Stock, hinein zum Bürgermeister. Als der den Bildhauer sah, zog er sogleich sein Sakko aus.

Sie müssen sich nicht weiter ausziehen, Herr Bürgermeister. Sie müssen mir nur einen Termin für meinen Auftrag nennen, und worin dieser Auftrag bestehen soll.

Machen Sie, machen Sie, sagen wir, einen Jüngling.

Einen Jüngling? Was für einen Jüngling? Wie jung, wie groß? Für einen Platz, für einen Raum? Aus Marmor, aus Holz, aus Papiermaché?

Aus Serpentin, Herr Benda, aus Serpentin meinetwegen.

Das lässt sich machen. Und wie viel Geld steht zur Verfügung?

Nehmen Sie schönen Serpentin, denken Sie an ein Meter siebzig, dazu einen hohen Sockel und seien Sie mit Teilzahlungen zufrieden.

Teilzahlungen? Wie viele Teile? Zwei, zehn, hundert?

Nach Stand der Stadtkasse.

Also hundert.

Seien Sie nicht so ungeduldig, seien Sie nicht so pessimistisch.

Jünglinge machen mich pessimistisch. Und wenn schon nicht pessimistisch, so doch melancholisch. Ja, eine Melone wollte er bildhauern oder eine Klammer, eine dreidimensionale Klammer, das wäre noch eine Aufgabe. Und dann in die Melone stellen.

Der Bürgermeister verdrehte die Augen. Und auf welchem Platz sollen wir eine Melone aufstellen, verehrter Herr Bildhauer, eine Melone mit Klammer?

Am Platz der Nächstenliebe.

Wir haben keinen Platz der Nächstenliebe.

Den werden wir mitgestalten.

Einen Platz der Nächstenliebe? Wie kommen Sie darauf?

Sollte in jedem Ort sein. Wenn schon nicht Nächstenliebe in Gebrauch, dann doch zumindest als Platz.

Der Bürgermeister dachte nach. Platz der Zuversicht, das ja, aber ein Platz der Nächstenliebe ist was für ein

Kinderdorf, sagte er schließlich, nicht für eine Stadt. Und mir ist ein Jüngling lieber als Ihre Melone mit Klammer. Ein Jüngling, was Naturgetreues oder doch zumindest Naturnahes.

Was, Vorschriften wollen Sie mir machen, wie ich was zu machen habe?

Das war doch wohl eher ein Vorschlag.

Jüngling, naturgetreu, zumindest naturnah, das nennen Sie Vorschlag? Das ist kein Vorschlag, das ist Vergewaltigung. Bis ins Detail. Fehlt nur noch, dass Sie mir den Jüngling aufzeichnen. Oder ein Foto vorlegen, nach dem ich arbeiten soll. Schämen Sie sich, Herr Bürgermeister, schämen Sie sich.

Der Bürgermeister schaute ratlos wie ein Kaninchen vor der Schlange. Warum soll ich mich schämen, warum nur?

Ein Jüngling in einer Stadt ist eine Epigonie. Ganz Griechenland war schon voll mit Jünglingen, Rom auch. Wollen Sie Griechenland und Rom sein in einem?

Ich will Kreitzberg sein.

Dann lassen Sie sich was einfallen, was zu Kreitzberg passt.

Lassen Sie sich was einfallen. Dafür bezahlen wir Sie.

Ich habe einen Vorschlag gemacht. Sie wollten ihn nicht annehmen.

Melone mit Klammer, das ist was für den Fasching, aber doch kein Monument für eine Stadt, für eine Stadt von Bedeutung.

Bedeutung? Jüngling entspricht Bedeutung?

Ja, schon die Griechen und die Römer wussten, warum sie Jünglinge aufstellen.

Ich weiß, ich weiß. Also gut, Sie sind unbelehrbar, Sie wollen den Jüngling, Sie sollen Ihren Jüngling haben. Sie haben meine Melone mit Klammer nicht verdient. Und bis wann wollen Sie Ihren Serpentinjüngling haben?

Sagen wir, in einem Jahr, ist das eine gute Zeit für Sie?

Ja, ist eine gute Zeit. Nackt oder etwas übergezogen?

Was?

Der Jüngling, soll er nackt sein oder ein wenig bekleidet?

Nackt, wie bei den Griechen, bei den Römern.

Alles geklärt. Serpentin, eins siebzig, hoher Sockel, nackt. Und einen Vorschuss.

Vorschuss? Wofür?

Für Material, verehrter Herr Bürgermeister. Oder meinen Sie, edlen Serpentin kann ich mir aus der Erde kratzen? Für Papiermaché brauche ich keinen Vorschuss.

Das erledigt mein Sekretär.

Der dicke Sekretär wurde gerufen, Benda nahm ihn unter den Arm, zog ihn auf den Gang und in Richtung Stadtkasse.

Tausend Vorschuss, rief ihnen der Bürgermeister nach, tausend, nicht mehr. Dann ging er mit hängendem Kopf zurück in sein Büro.

Wer kommt noch, fragte er den ersten Sekretär. Da kam kein Wort zurück, Schlafanfall, da mischte sich der bisher still gebliebene Dr. Hirsch ein. Dr. Hirsch war sehr geschmeidig. Ging es darum, jemanden oder viele auszustechen, war er, ehe sich die andern versahen, weil sie ihn übersahen, längst an allen vorbei und stand in der ersten Reihe. Er war so sehr geschmeidig, dass er nicht nur von außen einflüstern konnte, nein, er nützte seine Schlangenhaut und kroch gleich hinein in die für ihn wichtigen Personen und flüsterte dann von innen nach außen. Das war ein Vorteil, denn während sich die

Mitbewerber sehen lassen mussten, ihre Angestrengtheit sichtbar war, drang Dr. Hirsch gleich ins Hirn der zu Beratenden ein. Dr. Hirsch flüsterte sich überall hin. Dr. Hirsch wurde unentbehrlich. Dr. Hirsch war Rat- und Tatgeber in einem. Erst gab er Rat, dann erst kam man darauf, woher er gekommen war. Andere nützten ihren Geist, Dr. Hirsch nützte seine alle und alles umgehende Stärke der Geschmeidigkeit.

Eine Frau kommt noch, sagte Dr. Hirsch. Sie braucht eine Wohnung. Drei Kinder, arbeitslos. Sie kann sich die alte Wohnung nicht mehr leisten.

Da lachte der Bürgermeister, der ja nur schwer lachen konnte. Das ist leicht, sagte er. Wir können ihr nicht helfen. Wir haben keine Wohnung. Aber die Frau hat auch keinen Sprengstoff. Nichts zu befürchten. Die einfachen Menschen sind die wahrhaft großen Menschen. Größe zeigt sich im Hinnehmen des Schicksals.

Goldene Worte, Herr Bürgermeister, goldene Worte.

Tja, sagte der Bürgermeister, was wäre eine Stadt ohne ihren Bürgermeister. Eine Stadt besteht doch eigentlich nur durch den Bürgermeister. Der erst macht sie zur Stadt. Nicht der Hauptplatz, nein, der Bürgermeister ist das Zentrum einer Stadt. Wo er ist, ist das Zentrum. Und bin ich gerade am äußersten Stadtrand, so ist eben dort das Zentrum. Nur für die Dauer meiner Anwesenheit, versteht sich. Zusammengefasst: Die Stadt ist der Bürgermeister.

Noch goldenere Worte, Herr Bürgermeister, noch goldenere Worte, sagte Dr. Hirsch und verneigte sich, wie er immer tat, wenn der Bürgermeister ausgesprochen hatte.

Der dicke Sekretär wankte schwitzend zur Tür herein.

Der Benda steht in der Stadtkasse und brüllt, dass tausend zu wenig ist, er brüllt und brüllt. Er sagt, mit tausend kann er höchstens Sprengstoff kaufen, um die Rathausbude in die Luft zu jagen, aber kostbarer Serpentin ist weit teurer.

Der dicke Sekretär plumpste in einen Sessel, die Arme hingen an ihm herunter, als wären sie ohne Verbindung zum Körper, nur notdürftig angenäht.

Wie viel will er, wie viel, fragte der Bürgermeister und zog sein Sakko aus.

Dreitausend, dreitausend will er. Nur für Material. Er sagt, darunter lässt sich nichts machen. Höchstens eine Melone mit…

Schweigen Sie, schrie der Bürgermeister und nahm die Krawatte ab, keine Melone, Melone kommt nicht in Frage, nie.

Was jetzt, fragte Dr. Hirsch sachlich, was befehlen Herr Bürgermeister. Er fragte nur des Anstands wegen, er wusste die Antwort. Er setzte sich dem Bürgermeister ins Ohr und flüsterte, dass man Hans Benda dreitausend bewilligen müsse, allerdings unter der Bedingung, dass der Serpentinjüngling, der ja zu einem Merkmal der Stadt werden würde, die Züge des Bürgermeisters in jungen Jahren tragen müsse. Dann sprang er wieder aus des Bürgermeisters Ohr, stellte sich vor seinen Herrn und wartete auf die Antwort.

Ich habe mir da was überlegt, sagte nach einer Weile der Bürgermeister, band sich die Krawatte und zog sein Sakko über, ich habe mir überlegt, dass wir dem Benda die dreitausend fürs Material geben sollten, allerdings unter der Bedingung, dass der Jüngling, der ja ein Merkmal der Stadt werden soll, die Züge eines bedeutenden Bürgermeisters der Stadt in jungen Jahren tragen muss.

Ich gehe im Geiste meine lange Bürgermeisterahnengalerie durch und frage mich, wer wohl so bedeutend war, dass er dafür in Frage kommt.

Der dicke Sekretär, eben noch leblos, sprang von seinem Sessel und legte los: Nur Sie, Herr Bürgermeister, nur Sie. Und Dr. Hirsch nickte dazu: Nur Sie, Herr Bürgermeister, nur Sie und wieder Sie. Und der erste Sekretär fragte wieder einmal, um was es denn ginge. Dann fiel ihm wieder der Kopf auf die Brust.

Nun denn, sagte der Bürgermeister, rufen Sie in der Stadtkasse an, sagen Sie, dem Benda sind dreitausend auszuzahlen. Den Rest erledigen Sie mündlich mit ihm. Aber einen Vertrag möchte ich trotzdem haben. Einzelheiten müssen ja nicht öffentlich werden.

Hans Benda, Geld in der Tasche, viel ist es nicht, aber besser als in die hohle Hand geschissen, sagte er nur, stellte seinen Serpentinjüngling auf, ein Meter siebzig, naturgetreu, nackt, die Sonne ließ ihn funkeln, und Bürgermeister und Bildhauer fielen sich in die Arme. Ein Fest mit Freibier und Freiwürsten und Blasmusik und Volkstanz lebte auf. Und mittendrin die vermisste Bürgermeistertochter. Sie hatte die Stadt nie verlassen, sich bei einem feinen Burschen einquartiert und die Liebe kennen gelernt.

So kam es, dass in der Stadt nun ein neues Wahrzeichen prangte. Niemand glaubte an die Umstände, unter denen es zustande kam, und doch steht es an seinem Platz. Der Kopf des Wahrzeichens allerdings interessiert kaum einen Menschen, denn der Bildhauer Benda konzentrierte sich mehr auf die unteren Extremitäten des Jünglings. Der Kopf ist eher angedeutet, irgendwie unbestimmt, aber der Bürgermeister ist sicher, dass es sein und nur sein Konterfei ist. Und die Bürgermeistergattin lächelt frivol, wenn sie am Jüngling vorbei kommt. Das ist nicht mein Mann, nie und nimmer, kann man sie bisweilen vor sich hin murmeln hören. Und dann schmunzelt sie wieder.

Von da an sah man den Bürgermeister nie wieder nackt in der Öffentlichkeit. Er war vollkommen zufrieden. Sollten sich seine Nachfolger mit Lappalien wie Brücken, Hallenbad, Stadion, Kongresshaus, Straßen, Palmenhaus, Zoo, Rathaus, Straßenbahn, Schloss, Fernheizwerk, Einkaufszentrum, Wohnungen, Konzerthaus, Bahnhof und Dom herumschlagen. Er hatte sein großes Werk für die Stadt vollbracht. Mehr könne man nicht tun. Jeder große Mann vollbringt immer nur ein großes Werk, sagte der Bürgermeister sich und anderen. Glücklich trank er sein Bier. Tadellos gekleidet.

Es war einer dieser Tage, an denen Bruno das Glück in die Glieder fuhr. Einer dieser Tage, an denen er den Hauptplatz in Platz der Glückseligkeit umbenennen wollte. Sofort.

Brunos Glück hielt nicht lange an. Ein Jüngling, gut und schön, aber der Reiz des Jünglings verflog. Doch nur eine Statue. Nichts wirklich Großes, Strahlendes, sich in die Menschen Eindrückendes. Bruno aber wollte der Herr der Taten sein.

Bruno fuhr nicht gern in Metropolen. Zu mickrig fand er sein Kreitzberg, wenn er wieder daheim war. Komplexe befielen den sonst so selbstbewussten Bruno. Darum wurden Freundschaftsbünde nur mit kleinen Städten geschlossen, Städten in Ost und West, die unbedeutend waren, am Rand lagen und nichts Großes, Strahlendes an sich hatten. Da besuchte man sich dann kreuz und quer, umfuhr Großstädte und ließ sich hochleben. Wer will schon wissen, was eine Stadt ausmacht, ihre Größe, ihre Lage, ihre Bauten? Alles bloße Vermutung. Doch in besinnlichen Stunden wagte sich Bruno an die Wahrheit. Warum nur bin ich verdammt, Bürgermeister von Kreitzberg zu sein, seufzte Bruno dann auf, ich könnte ja auch in Lissabon sitzen, in Madrid, in London, nein, Kreitzberg hat es sein müssen. Das Schicksal vergeudet oft seine Wertvollsten. Wie soll ich unsterblich werden in Kreitzberg. Und Bruno weinte.

Wenn ein Idiot auf Reisen geht, kommt ein Idiot zurück, pflegte Hans Benda zu sagen. Wenn unser Bürgermeister auf Reisen geht, ist das für die Katz. Der ist sogar zu blöd, um richtig blöd zu sein. Er soll zuhaus bleiben, ausrichten kann er nur hier was, woanders richtet er nur was an. Aber er geht auf Reisen, weil er eben nichts ausrichtet zuhaus. Und von woanders kommt er mit leeren Händen heim. Man möchte lachen über ihn, aber man kann nicht, weil man gerade kotzt. Hans Bendas Groll, anerzogen von Jugend an und immer gegenwärtig, war auch durch Aufträge nicht zu besänftigen.

Renommee, Renommee, Kreitzbergs Renommee muss auf die Sprünge geholfen werden. Wir laden die Wiener Philharmoniker ein. Die Konzerthalle war in einem katastrophalen Zustand, der Bau einer neuen stecken geblieben, wohin mit dem berühmten Orchester. Es blieb nur eine Messehalle. Nehmen wir die größte, die ist zwar akustisch unterm Hund, aber da können wir genug Leute hineinstopfen. Nun waren die Kreitzberger zwar keine großen Klassikhörer, aber wenn das berühmteste Orchester des Landes, die kommen zu uns, zu uns nach Kreitzberg, das Neujahrskonzert haben wir schon einmal gesehen im Fernsehen, wenn die kommen, da müssen wir doch, wird zwar fad, aber man ist dabei gewesen. Um Kreitzberg nicht zu diffamieren, gleiten wir schnell über die Blamage. Der Klang in der Messehalle war dumpf, wie von Betonpolstern aufgefressen, im tutti scheppernd wie alte Blechmilchkannen, die Kreitzberger unterhielten sich angeregt, während das Orchester Mozart spielte, Bruno, stolz, dieses Orchester in seiner Stadt zu wissen, plauderte in vorderster Reihe mit der Freundin eines Bankdirektors, die kicherte zwischendurch und plapperte zurück, der Bankdirektor besprach Geschäftliches mit dem Chef eines Anlagefonds, die Bürgermeisterin schaute sich den Dirigenten genau an, fand ihn ansprechend, aber doch etwas zu alt, das Orchester kürzte sein Programm, nahm die Störungen und akustischen Unzulänglichkeiten auf die leichte Schulter, steckte die pfundige Gage ein, setzte sich in den Sonderbus und dachte nicht mehr an Kreitzberg. Kreitzberg aber dachte noch an die Philharmoniker. Die hätten wir uns nicht leisten dürfen, sagte Bruno, die haben ein Loch geschlagen in die Stadtkasse. Und der Chauffeur sprang herbei und hielt Brunos Sakko vorn fest zusammen.

Was können wir tun, fragte Bruno seine Sekretäre, in diesem Fall als Berater gebraucht, um endlich Großstadt zu werden, uns fehlen zwanzigtausend Einwohner, strengt eure Köpfe an. Unsere Bevölkerung vögelt doch recht gern. Aber nur zur Freude. Diese Freude müssen wir in die Pflicht nehmen.

Zuwanderung ist auch ein Mittel, sagte nach langem Nachdenken der langsame Sekretär.

Zuwanderung, gut, aber in Maßen, nicht in Massen, wir müssen die Herren bleiben, sagte Bruno.

Vom Osten wollen wir nicht kosten, reimte der dicke Sekretär in einer launigen Anwandlung, und Bruno klopfte ihm begeistert auf die Schulter, geben Sie das sofort weiter an den Stadtrat für Heimatschutz und Heimattreu, der soll das nützen. Vom Osten wollen wir nicht kosten, hervorragend, und Bruno beglückwünschte sich zu seiner Auswahl des dicken Sekretärs, toller Bursche, weiß, was wir im Auge behalten müssen.

Auch vom Westen ist nicht alles zum Besten, legte der langsame Sekretär nach, um nicht abzufallen gegen den dicken.

Schwadronieren Sie nicht, reden Sie immer klar, schauen Sie mich an, haben Sie mich je schwadronieren gehört? Auch vom Westen ist nicht alles zum Besten, was reden Sie da? Was bleibt da noch übrig, woher dann Einwohner nehmen? Es bleibt nur die Zuwanderung, egal von wo, aber wenn Zuwanderung, wo werden die alle wohnen, und wenn wir kinderreiche Familien haben, wo werden wir die unterbringen? Haben wir so viel Wohnraum in unserer Stadt?

Das müssen wir beraten, sagte der dicke Sekretär. Der langsame Sekretär sagte nichts, er war beleidigt.

Das ist noch immer der Stand der Dinge in der Großstadtfrage.

Der Stadtrat für Heimatschutz und Heimattreu, vor seiner politischen Laufbahn Hundeführer eines Wachdienstes, danach Unteroffizier einer Versorgungseinheit, organisierte das alljährliche Treffen der Veteranen, wie immer oben auf dem Ochsenberg, dem Hausberg der Kreitzberger, Aufstieg über Blasendorf. Alle Veteranen trafen sich, ob aus irgendwelchen Kriegen oder sonst einer heiklen Mission. Die älteren Knaben hatte ihre

Mühe mit dem Berg, aber ihre Augen leuchteten wie nach einem Sieg, wenn sie oben standen. Die meisten bestiegen den Berg per Geländewagen, oben taten sie so, als ob sie eben zu Fuß angekommen wären, keuchten und räusperten, schüttelten die Beine aus und hatten Durst. Der wurde von Marketenderinnen, die Fässchen um den Leib gebunden hatten, gestillt. Es war kein Durst nach Wasser, sondern nach dem, was als Stärkung gilt. Manche stärkten sich so sehr, dass sich ihr Bemühen ins Gegenteil verkehrte. Sie kippten um, wurden von freiwilligen Helfern aufgehoben und auf Bänke gesetzt, von wo aus sie mit müden Augen den Festablauf, den sie schon seit Dezennien kannten, verfolgten. Außer sie waren eingeschlafen.

Die ursprüngliche Heimkehrergeneration war schon recht dünn, viele Ausfälle durch die Jahrzehnte, das Treffen schien gefährdet durch zu raschen Abgang, also rekrutierte man die nächste Generation, die ihr Leben dem Umstand verdankt, dass es Heimkehrer gab, die sich nach ihrer Heimkehr sogleich an Arbeit und Zeugen machten, und mittlerweile stehen auch schon die von Heimkehrersöhnen gezeugten Heimkehrerenkel und Heimkehrerurenkel oben am Ochsenberg. Die Rituale schauten sie sich den Alten ab, und sie benehmen sich haargleich. Unser würdig, sagen die Alten. Das Treffen der Veteranen ist gesichert.

Bruno liebte diese festlichen Treffen, die alljährliche Erneuerung der Tugenden Mannestreu und Frauenlieb, Tapferkeit, Gehorsam, Vaterland, Muttersprache, Fruchtbarkeit. Schon sein Vater war jedes Jahr ausgerückt, diesen Tugenden Respekt zu bezeugen. Und auch seine Enkelkinder würden ausrücken. Der Gedanke daran rührte Bruno.

Rund um Kreitzberg das weite, leere Land sollte genützt werden. Fruchtbares Land, alte Scholle, Siedlungsboden und Handelsweg schon zu Kelten- und Römerzeit, danach in die Bedeutungslosigkeit geglitten und anheim gefallen unbegrenzter Hoffnungslosigkeit. Nur vereinzelt standen Höfe, Kühe und Schweine herum. Dieses Stück Land hatte den Rückzug erlebt, von der zivilisatorischen Blüte zurück in den ruralen Urzustand mit beschränkter Restbevölkerung.

Was tun wir mit unserem Umland, außer dem Ochsenberg ist nichts genützt davon, sagte Bruno, hier ist viel zu tun für uns.

Seither gibt es Pläne um Pläne. Der letzte hat Aussicht auf Realisierung. Die Umgebung wird zum Landschaftsschutzgebiet erklärt, mit Hinweistafeln auf den historischen Wert dieses Landstrichs, Wanderwegen, Raststätten und einigen Gruben, in denen nach Scherben aus der Römerzeit gegraben werden darf. Und sonst soll alles bleiben, wie es ist, weil man historischen Boden heiligen soll und nicht verletzen.

Kein Osten, kein Westen, nur die Mitte zählt, und amerikanisches Zeug kommt mir auch nicht ins Haus, in keiner Form, so sicher war sich Bruno. Doch wir wissen, wer schimpft, der kauft besonders zuverlässig. Jerry Springer, ehemals Bürgermeister von Cincinnati, ließ die Politik Politik sein, ging ins Fernsehgeschäft und hat seine eigene Show, die Jerry Springer Show. Bruno schaute Jerry, live, und wenn nicht live, so später die Aufzeichnung. Unglaublich, erst Bürgermeister von Cincinnati, und jetzt auf der ganzen Welt. Was in Amerika so alles möglich ist. Was meinen Sie, würde ich mich eignen dafür, die Bruno Grobschneider Show, wäre das was, was meinen Sie?

Schauen Sie mich an, trauen Sie mir das zu, würde ich mich eignen? Niemand im Rathaus entging dieser Frage.

Was soll ein Untergebener schon sagen. Die Wahrheit? Zorn entfachen? Die Unwahrheit sagen? Und wieder Zorn entfachen? Hält man Bruno für ungeeignet, so kennt man die Reaktion, hält man ihn für geeignet, so doch nur deshalb, wird einem unterstellt, weil man ihn los sein will, und hat dieselbe Reaktion. Untergebenen stellt man solche Fragen nicht. Und schlaue Untergebene beantworten solche Fragen nicht mit Ja oder Nein. Sie lassen alles offen nach allen Seiten. Sagen, dass es ein Verlust wäre für die Stadt, wenn ihr ein so großer Bürgermeister verloren ginge, aber ein Gewinn für die restliche Welt, wenn er ins Showgeschäft wechseln würde. Gelogen ist beides, doch richtig gelogen. Gute Untergebene beherrschen die Kunst der zweideutigen Antwort. Das war in Kreitzberg nicht anders als anderswo.

Bruno blieb Bürgermeister. Schlagartig hatte er aufgehört zu fragen. Über seine Gründe dafür gibt es nur Gerüchte. Gerüchte sind die Mutmaßung der Wahrheit, in die die Böswilligkeit spuckt, damit wollen wir unsere Zeit gar nicht erst verbringen.

Der Bürgermeister verfiel in Nachdenken. Still, sagte seine Umgebung, still, er denkt. Er dachte. Dabei kratzte er sich, wie es seine Gewohnheit war von Jugend an, abwechselnd am Kopf und am Sack. Wie angehen das? Wie, wie nur? Das Problem war groß. Große Probleme spornen an. Der Bürgermeister kratzte immer wilder.

Wir sind ein anerkannter Ort und haben keine Therme, nichts, an dem der Mensch gesunden kann. Das muss doch zu finden sein. Und ob. Man kann doch nicht dastehen ohne.

Der Bürgermeister wollte einen Ort der Kraft finden innerhalb der Grenzen seiner Stadt, um sich aufmöbeln, seinen Geist aufladen zu können. Ich habe Visionen, sagte Bruno, der Heilige Blasius flüstert sie mir ein. Eine Therme muss her, eine Therme. Auf den Heiligen Blasius ist Verlass, der ist der Familienheilige seit altersher, der war schon für die Entscheidungen meines Vaters zuständig, auch Großvater und Urgroßvater und immer weiter zurück, alle haben sich verlassen auf den Heiligen Blasius und sind gut gefahren mit ihm. Eine Stadt ohne Therme ist wie ein Mann ohne Hoden. Bruno kratzte sich immer stärker. Eine Therme, das bedeutet Arbeitsplätze und Wohlstand. Die Meinung von Geologen schob Bruno beiseite. Das sind lauter Miesmacher, wenn sie behaupten, dass auf Kreitzbergs Boden keine Therme zu erbohren ist, dass eine Therme ganz unwahrscheinlich ist. Wer den Heiligen Blasius hat, braucht keinen Geologen. Liebe Leute, die Therme ist unser, und das heißt euer. Bruno kratzte sich noch stärker. Ich habs, die Bevölkerung müssen wir fragen, die Vox Populi weiß alles, und die will mitteilen, was sie weiß.

Die Bevölkerung wurde über Zeitungsinserat und Internet aufgerufen, bei der Suche zu helfen. Wenn jemand so einen Ort wüsste, so solle er – bitte! – diesen der Stadtvorstehung bekannt geben. Und wer die Fähigkeit habe, solche Orte aufzuspüren, solle – bitte! – bei der Suche helfen. Die Resonanz war gering. Wer wusste, wollte nichts verraten, aber eigentlich wusste niemand was. So machte sich eines schönen wolkenlosen Tages der Bürgermeister mit sechs Wünschelrutengängern selbst auf die Suche. Ein Ort der Kraft, und das wäre schließlich jede Therme, müsste doch zu finden sein. Jede Stadt, selbst jedes Dorf, das auf sich hält, hat mittlerweile so einen Ort zu bieten. Überall ist das Sammeln von Kraft an einem besonders ergiebigen Ort längst Teil des Tourismusplans. Wie dann nicht auch in Kreitzberg. Wo hier doch der Bürgermeister höchstselbst einen derartigen Ort benötigte. Die Wünschelrutengänger schwärmten, der Bürgermeister an der Spitze, zuerst im Norden der Stadt aus. Im Norden war viel freies, unbebautes Gelände, ideal für Kraftortsucher. Asphalt mieden sie. Die Kraft dringe nicht durch. Sechs Tage streiften sie. Die Ruten schlugen aus. Doch immer waren es nur Wasseradern, zwar teils kräftige, doch die große Seelentankstelle wollte sich nicht finden lassen. Im Süden wird es vielleicht besser, vermutete der Bürgermeister, da steht ein Kloster, Klöster stehen immer auf Plätzen, die schon bei den Kelten heilige Orte waren, heilig und kraftspendend. Die Karawane zog nach Süden. Dann nach Westen. Jetzt wirds eng, sagte der Bürgermeister, uns bleibt nur noch der Osten, jetzt heißt es fündig werden, enttäuscht mich nicht. Die Rutengänger nahmen neue Ruten, vielleicht waren die alten schon ausgeleiert, die Rechnungen dafür schickten sie an die Stadt, und zogen, der Bürgermeister immer voran, in den Osten der Stadt. Und siehe da, nach vier Tagen schrie einer der Wünschelrutengänger, der Wasser-Sepp, plötzlich aufgeregt: Hier, hier, hier ist was. Hier ist eine Kraft, die mich fast umhaut, meiner Seel, sie zieht in meine Arme und strömt in den ganzen Körper, wir sind am Ziel. So gewählt sprach er, so muss man mit einem Bürgermeister. Der Bürgermeister und die andern rannten zum Wasser-Sepp. Und tatsächlich, heute noch spricht man davon, den Bürgermeister riss es in den Armen, es warf ihn fast um, er wurde rot im Gesicht, lachte wie nie zuvor in seinem Leben und küsste den Boden und den

Wasser-Sepp. Du bist ein Hund, Sepp, sagte er, ließ sich ins Gras fallen und wälzte sich in der Kraft. Verdreckt stand er auf, küsste den Sepp wieder und hielt eine Rede. Es sei so weit, man habe sein eigenes Kraftwerk jetzt, man müsse seine Seele nicht mehr ausführen, man habe selbst die Quelle aller Kraft gefunden. Und dann redete er noch zwanzig Minuten über all die Pläne, die man nun verwirklichen müsse, wenn man den Kraftort nützen wolle. Es ist nur schade, meinte der Bürgermeister, dass der Flugplatz so nahe ist, den wird man wohl verlegen müssen, Kraftsucher lieben die Stille, wie man weiß. Und immer weiter redete er fort und fort, seine Begeisterung ließ ihn nicht verstummen. Der Wasser-Sepp freute sich, eine fette Belohnung sei so sicher wie das Kruzifix in der Kirche. Die andern feixten. Sie könnten nichts, absolut nichts spüren, alles sei wie an jedem andern Ort, wie im Wirtshaus oder zuhaus oder am Friedhof. Einer nahm endlich eine Schaufel und begann zu graben. An Thermen, Orten der Kraft, seien immer Zeichen, Steine oder Scherben wenigstens, die müsse man suchen. Und er grub und grub. Und, alle merkten es zur selben Sekunde, da stieg Gestank auf, bestialischer Gestank, zum Kotzen erbärmlich. Verkürzen wir den grausamen Lauf der Dinge: Man war auf eine alte Kloake gestoßen. Bruno wollte es nicht glauben. Wie der verzweifelte Hinterlassene über den geliebten Leichnam, so stürzte sich Bruno auf seinen nun verwunschenen Platz, nur mit den Armen allerdings, wie es Brunos Vorsicht entsprach. Und nun steht Bruno da, das Gescheiß in Händen, weinend in einer Wolke der Verzweiflung. Und wäre in seiner Verzweiflung nackt zurück in die Stadt gelaufen, hätte ihn der barmherzige Chauffeur nicht sogleich in den Wagen gezogen.

Das gibts doch nicht, das kann nicht sein, da muss eine Therme sein, sagte der Bürgermeister ein ums andere Mal, tagelang lief er durch die Rathausgänge, das gibts doch nicht, dort draußen muss eine Therme sein, das kann nicht sein, dass die nicht dort ist, der Heilige Blasius lügt doch nicht, der weiß gar nicht, was eine Lüge ist.

Ein Thermenkonsulent wurde bestellt, um dem Heiligen Blasius zur Seite zu stehen. Sie sind mir verantwortlich dafür, dass eine Therme gefunden wird, sagte Bruno bei der Amtseinführung des Konsulenten, Sie sind persönlich verantwortlich, hören Sie, persönlich, vergessen Sie das nicht, persönlich verantwortlich. Sie haften mit Haut und Haar. Sie müssen eine Therme finden, die Therme, unsere Therme. Und finden Sie mir nur ja keinen Scheißdreck, den haben wir schon.

Er hat schon wieder Visionen, der Ärmste, er hat schon wieder schlecht geträumt, sagte seine Umgebung, das wird sich wieder legen, gebt ihm ein Gläschen.

Und so war es. Die Visionen waren Sternschnuppen, die zerstoben. Die Therme blieb dort, wo sie entsprungen war. Im Kopf des Bürgermeisters. Kreitzberg blieb Kreitzberg, blieb, wie und was es war.

Der Bürgermeister, fesch in dem Sinn, dass er gereiften Damen gefallen konnte, war gerade so viel freundlich, wie man sein muss, um nicht als Lümmel zu gelten. Lachen, wir wissen es schon, konnte er nicht, und er konnte es auch nicht mehr lernen in seinen Jahren, die ihn misstrauisch und steif gemacht hatten, er verzog nur sein Gesicht, und alle Mühe zu lächeln, sei es zu einer Balleröffnung oder zur Einweihung eines Brunnens, wurde immer stärker sichtbar. Ein Arbeitslächeln. Auch Informiertheit und Kompetenz waren nur genau auf der Höhe, die der Bürgermeister für hoch genug hielt. Das war dann etwas wenig bei Fragen, die nicht nur mit links zu entscheiden waren, sondern die schon eine ausgereifte Vorbereitung gebraucht hätten. Doch was kümmert das einen, der weiß, was er will. Dass das oft sonst niemand wollte oder gar brauchte, tat dem Selbstbewusstsein des Bürgermeisters keinen Abbruch.

Joze Dolinschenz war Totengräber am Nordfriedhof. Dolinschenz war aufgewachsen in Kreitzberg, kannte, ein alter Vorzug von Totengräbern, mehr Familien in der Stadt als irgendwer sonst, und wusste Bescheid über Alter und Gesundheitszustand der Bevölkerung. Und hob das Grab der seiner Meinung nach bald Absterbenden schon aus, bevor noch jemand gestorben war. Jetzt hab ich Zeit, jetzt heb ich aus. Bei den Kreinigs tut sich was, da wird bald gestorben werden. Der Vickerl ist uralt, Zores mit der Prostata, böses Weib, Darmkrebs, der kommt bald her. Und Dolinschenz grub schon ein Loch ins Familiengrab der Kreinigs. Und dann machte er weiter beim nächsten Familiengrab, wieder so ein Alter mit vorhersehbarem Schlusspunkt.

Familienmitglieder beschwerten sich, sie wollten nicht schon das Loch sehen, wenn noch gar nicht gestorben war.

Bruno kam es zu Ohren. Her mit dem Dolinschenz, den brauchen wir im Amt für Bevölkerungsentwicklung, der kann uns bei Voraussagen gute Dienste leisten.

Der Totengräber Joze Dolinschenz verließ die Grube, sitzt in einem Amtsraum.

Kreitzbergs Theater, blühend, lebendig, oft geradezu ausufernd, die Denkgrenzen seiner Stadt überschreitend, die Bürger oft verwirrend, wurde finanziell beschnitten. Der jeden Winkel seines Terrains nach versteckten, versprengten oder abtrünnigen Wählern absuchende Landvogt, Der Alpenwart genannt, auch der kleine Narziss mit dem schiefen Maul, das viele Reden hatte ihm den Mund verzogen – genial, er redet noch im Schlaf, sagte seine Gattin –, und dem großen Herz für singende Buben geheißen, mit viel Wärme der älplerischen Gebrauchsheimatkunst entgegenkommend, mochte den Intendanten nicht, weil der immer wieder einmal bockte. Alpenwart hüpfte, wenn jemand bockte. Wir müssen kurz ausholen. Wir müssen Alpenwart verstehen. Im Rahmen der großen europäischen Gemeinschaft hatte ein Landvogt keine Kompetenzen mehr, er war nur mehr Schauobjekt, Redemeister und Abgraser, ein unnützer Esser halt. Große Entscheidungen waren ihm nicht mehr gegönnt, Wichtiges wurde woanders entschieden. Es blieben nur Kinkerlitzchen. Der Landvogt litt. Aber er war da. Und wollte wahrgenommen werden. So lange nur ich sehe und weiß, dass ich unwichtig bin, bin ich wichtig, sagte er sich, und wusste ganz gut, dass er sich auf die Blindheit seiner Urnenwanzen, wie er die Wähler im vertrauten Kreis nannte, verlassen konnte. Der kleine Mann, sagte er, der kleine Mann steht zu mir. Kleidete sich wie eine Werbepuppe für einen Kostümverleih, suchte die Freundschaft wahrhaft Mächtiger, bevorzugt autoritär regierender Ölwüstenfürsten, von denen er zwar freundlich, aber leicht abschätzig als Randfigur behandelt wurde, tauchte überall auf, mischte sich ein, roch in jede Gasse, setzte sich in jedes Gasthaus, hielt Reden an jedem Geländer. Er furzt in jede Hose, sagte das Volk und bewunderte die Dauererregung des Landvogts, weil es sie für Energie hielt. Dieser Eifer wurde sichtbar. Was funktionierte, bekam Sand ins Getriebe, was nicht funktionierte, löste sich bald ganz auf. Alpenwart gründete Fußballmannschaften und Vereine sonder Zahl, setzte seine Frau als Präsidentin ein, die Tochter als Kassierin, was in der Familie ist, bleibt überschau- und lenkbar, am besten funktioniert alles in einer Hand, stellte Orts- oder Hinweistafeln mit Tamtam und Tingel und Tangel auf, als hätte er die chinesische Mauer errichtet, dann räumte er sie wieder weg, wieder her, wieder weg, eröffnete jedes Wirtshaus und jede Tankstelle, kümmerte sich mit Lärm und Inbrunst um die Ausstattung von Denkmälern im Nationaletui, die einheitlichen Joppen von Vereinen, die Organisation von Kirchtagen, Speck- und Reindlingfesten, Fußhacklmeisterschaften, Almabtrieben samt Empfang des Almviehs und die Verteilung von Werbematerial für und gegen alles und alle. Unentwegt war er dahinter, dass immer ausreichend gesungen, getanzt und Fußball gespielt wurde. Und jedes Jahr schrieb er dem Papst, ob er den Weihnachtsbaum für den Petersplatz liefern dürfe, in den Alpen wüchsen besonders schöne, gottgefällige Bäume. Der Landvogt tat, was früher Dorfbürgermeister taten. Niemand, auch kein Geifer der wenigen Gegner, hätte seinen Abstieg besser darstellen können, als er selber tat. Das Volk liebte dieses Herabsteigen, fühlte sich eines Sinnes und einer Bedeutung und wählte ihn sich immer wieder. (Bruno und der Alpenwart lebten in einem korrekten Verhältnis des Misstrauens, beide meinten, der andere habe sich das Prinzip der volksklammernden Rede bei ihm abgeschaut, keiner wollte den anderen in seinem Garten.)

Da waren mehrere dieser Landvögte im Land, jeder gleich unwichtig, somit unnötig, doch weil die Landvögte und mit ihnen ein ganzer Rattenschwanz von Schranzen und Vasallen gut in den Tag hinein lebten, dachte niemand daran, diese Einrichtung in der Geschichte zu versenken. Also saß nach wie vor alle paar Kilometer ein Landvogt samt Hofstaat und ließ sich für seine Nutzlosigkeit in Gold aufwiegen. Unser Landvogt pflegte eine besonders prunkvolle Hofhaltung, Blendwerk und schweigende, seine Befehle abwartende Liebediener um sich. Still sitzen oder schreien auf Befehl, mehr war nicht zu tun. Sie mussten nur Gehorsam mitbringen und die Launen, Degradierungen, Demütigungen, Abkanzelungen des Landvogts ertragen, alles andere fand sich. Einer meinte ernsthaft, des Landvogts einsame Beschlüsse verstünde man zwar nicht immer, aber das sei nicht notwendig, man müsse nur glauben an ihn und sein Werk, schließlich verstünde man auch Gottes Beschlüsse nicht immer. Dafür gab es reiche Belohnung. Wer an einen Narren glaubt, endet selbst als Narr, aber als gut gehaltener. Sie lecken den Arsch, der sie anscheißt, sagten die paar im Lande, die dem Landvogt nicht über den Weg trauten, über die Hofschranzen. Wie gesagt, es waren nur wenige, die Mehrheit ging so gebückt, dass sie nichts sehen konnte. Der Landvogt lachte ausgiebig über die Servilität seiner Anhänger: Ich kann mir täglich den Arsch wischen mit ihnen und sie fragen mich gleich wieder um einen neuen Termin dafür. Und ließ sich von ihnen umjubeln nach seinen häufigen Reden, die seine Hörer schon mitmurmeln konnten, so sehr blieb der Landvogt einer einmal aufgesagten Rede treu. Alle kannten das Gesagte schon und begrüßten es stürmisch wie einen alten Bekannten. Der Mensch hat eben lieber das Vertraute als das Neue. Der Landvogt kannte seine Pappenheimer, die sich alle Gnaden erwarteten im Tausch für ihre Ergebenheit.

Und nun widmete sich Alpenwart dem Theater. Geldhahn, Geldhahn, sagte er, beim Geldhahn werden sie alle weich. Dreh zu, und du hast jeden dort, wo du ihn brauchst. Beim Geldhahn werden alle kirre. Gürtel enger schnallen, ausbluten lassen, auszehren, das gilt für alle, die nicht parieren. Und beim Theater schon gar. Gürtel enger schnallen, immer enger, zuletzt ganz zuziehen, bis der Hunger den schon fast Bewusstlosen kriechen lässt. Ich will den Intendanten betteln sehen. Schließlich sind wir eine Demokratie, da dürfen Steuergelder nicht verschleudert werden, jedenfalls nicht an die Gegner unserer Gemeinschaft, die gehören weggeräumt, natürlich meine ich unserer Gesellschaft, aber das kommt aufs Selbe, das ist eh gehupft wie gesprungen.

Die Lage des Theaters wurde trist. Es trocknete aus. Vielleicht sollte ich es machen wie die alten Eskimofrauen, in die Eiswüste gehen und verschwinden, sagte der Intendant und ging traurig durchs Haus. Vielleicht sollte er es machen wie die alten Eskimofrauen, in die Eiswüste gehen und verschwinden, sagte Alpenwart. Der kaufmännische Direktor sagte nur Ja ja, die Eskimofrauen. Spielen wir ein Stück über die alten Eskimofrauen. Und dann verschwinden wir alle, sagten die Schauspieler.

Und was tat Bruno, es ging schließlich um das Theater seiner Stadt. Erst schwieg er, dann lachte er, und zuletzt meinte er, dass sich das Theater für eine Garage eignen würde, ein Kaufhaus würde sich auch gut machen in dem Theaterdekor. Immer souverän unser Bruno, sagten die Bürger von Kreitzberg.

Der Bürgermeister liebte Maßschuhe und -hemden. Er erwartete sich was davon. Er spielte Golf. Er erwartete sich nichts davon, denn er spielte schlecht. Sonntags ging er in die umliegenden Wälder, Tiere beobachten. Man weiß nicht, ob er sich etwas erwartete davon.

Kreitzberg wurde als Treffpunkt der europäischen Minister für Transporte nach innen und außen erkoren. Solche Treffen sind in kleinen unbedeutenden Städten, auf eine große, eine Kapitale, kann man sich nie einigen, weil man die übergangenen Städte beleidigen würde. So nahm man Kreitzberg. Die Minister rümpfen zwar immer die Nase, wenn sie sich in einem Nest treffen müssen, aber sie nehmen gleichmütig hin zuletzt. Aufgeregt war nur der Bürgermeister. Er und die Minister der großen Welt.

Vorbereitungen wurden getroffen. Provinzstädte werden immer hektisch, wenn sich die große Welt ansagt. Da wollen sie zeigen, dass auch sie große Welt sind. Der Bürgermeister ließ zu den üblichen noch eine ganze Armada zusätzlicher Palmen auffahren, Südsee, sagte er, Minister lieben die Südsee, Strand auch, also ließ er Sand aufschütten an den Konferenzorten, die Blasmusik probte und probte, um nur ja perfekt zu sein, die Bürgermeistergattin ließ sich was Neues schneidern, was Gewagtes, einige der Minister sind ausgemacht fesche Mannsbilder, wie sie feststellte, das Rathaus wurde geputzt und überhaupt die ganze Stadt geschniegelt.

Der Tag der Ankunft der Minister war da. Der Bürgermeister trank morgens sein obligates Bier, dann einen Liter Wein gegen die Nervosität, die von Stunde zu Stunde wuchs. Gegen elf Uhr war er nicht mehr nervös, aber eingeschlafen. Der Chauffeur weckte ihn, Herr

Bürgermeister, die Minister sind gleich da, wir müssen zum Flugplatz, sie empfangen. Jaja, sagte der Bürgermeister, der nicht gleich wach werden wollte, müssen diese Kretins halt ein wenig warten. Doch dann, sich dessen bewusst, was an Ehren auf ihn zukommt, raffte er sich auf. Während der Fahrt zum Flughafen rekapitulierte er seine Begrüßungsrede und war mit sich zufrieden.

Die Minister spulten ihr Programm ab, das ging schnell, keiner hatte was vorzubringen, was die anderen nicht schon gewusst hätten. Und was sie nicht wussten, wollten sie auch jetzt nicht erfahren. Ein voller Erfolg, dieses Treffen, meine Herrschaften und Kollegen, gehen wir zum Dinner. Bruno hatte geladen. Galadinner im Waffensaal. Zwei Stunden ging alles gut. Dann warf sich Bruno dem finnischen Minister an die Brust, weinte und kotzte abwechselnd. Die Minister brachen auf.

Anderntags wünschte der dänische Minister, vor der Abreise, die ja leider schon wieder bevorstünde, noch ein Bier zu trinken, jetzt, wo er doch in Kreitzberg sei, das, so sei ihm zugetragen worden, eine gute Brauerei habe. Dem Bürgermeister fielen aber die berühmten Gräber ein, große Söhne, große Töchter, der Vater nicht zu vergessen, diese Gräber müsse er unbedingt besuchen, bedrängte der Bürgermeister den Minister, der nichts sonst wollte, nur ein Bier trinken, tolle Menschen, leider schon tot, aber durch ihre Leistungen noch immer lebendig, da werden Sie was mitnehmen fürs Leben. Als guter Gast gab der Minister dem Wunsch des ihn drangsalierenden Bürgermeisters nach. Und dachte hinter seinem lächelnden und an den Gräbern todtraurigen Gesicht, ich will ein Bier und der treibt mich auf einen Friedhof.

Und es begab sich eine Wahl im Lande. Diese Wahl schwemmte Kräfte ans Ruder, die den Staaten, deren Wähler schon fortgeschritten sind in ihren demokratischen Vorstellungen, missfielen. Man dachte nach, wie man seine Verachtung zeigen könnte. Der Minister, der kein Bier trinken durfte in Kreitzberg, wurde der Wortführer der Staaten, die für Sanktionen waren. Man müsse jeden Verkehr mit dem Gesindel in diesem unzivilisierten Staat einstellen. Sanktionen, sagte der Minister, eiserne Sanktionen eisern durchhalten, zur Räson bringen muss man diese Kerle, links liegen lassen, aushungern. Das nicht getrunkene Bier und der aufgedrängte Grabbesuch wurden zur Triebfeder allen Hasses. Das ganze Land musste büßen für Bruno. Das steht nicht in den Geschichtsbüchern, aber es ist so.

Bruno, der von der Ursache der Sanktionen nichts mitbekam, machte es sich zur Gewohnheit, jeden Gast der Stadt zu den Gräbern berühmter Kreitzberger Bürger und Bürgerinnen zu führen, das Vatergrab nie auslassend. So mancher Gast wollte, wie dereinst der dänische Minister, vor seiner Abreise noch ein Bier trinken, aber da war Bruno davor. Erst Grab, dann Bier. Wenn noch Zeit bleibt. Es blieb nie Zeit. So mancher Gast verließ Kreitzberg unter Flüchen. Und wusste nicht, wessen Grab er besucht hatte. Bruno aber trank in Ruhe sein Bier nach Abreise der Gäste.

Das Volk von Kreitzberg füllte noch immer die Ränge. Es schwadronierte und räsonierte im Gasthaus und rief sich Parolen des Aufstands zu. Am nächsten Tag war es wieder an seinem Arbeitsplatz. Einige Auserwählte, die Tapfersten, ließen ihren Unmut in Leserbriefen aus, die weniger Auserwählten lasen und nickten zustimmend

mit den Köpfen. Und holten sich ein Bier. Kreitzberg blieb ruhig.
Kreitzberger Sonntag. Im dritten Stock schändete ein bulliger Dreißiger eine Dreizehnjährige. Im vierten Stock schlug sich ein Ehepaar. Die Rettung kam. Im fünften Stock onanierte ein Jüngling seit vier Stunden mit einem anderen um die Wette. Im zweiten Stock bastelte ein Gelangweilter an einer Bombe, seit drei Jahren schon. Im Erdgeschoss saß der Hausmeister vorm Fernseher, trank Bier und schimpfte auf alles. Im Keller tropfte das Wasser aus den Leitungen. Und einer reparierte sein Fahrrad. Auf einer Bank am Hauptplatz redeten zwei so ernst über das Wetter, als hätte es Bedeutung für sie. Es war das, was sich in Kreitzberg veränderte.

Bruno brachte die Handballnationalmannschaft von Saura Kiri, die keine Nationalmannschaft war, nach Kreitzberg, nicht einmal Handballer waren das, die spielten so elend, die wollten nur nach Europa kommen, es gelang ihnen, sich als Mannschaft zu tarnen, alle hatten gültige Visa, und dann waren plötzlich alle verschwunden. Ein Husarenstück. Und Bruno wusste nicht aus und ein. Irgendwie würde sich die Mannschaft schon wieder finden, dachte Bruno schließlich, und so war es auch. Dann war es doch nicht so, aber das Suchen wurde aufgegeben, die Mannschaft zerlegte sich in ihre Einzelteile, zerstreute sich über Europa. Und Bruno sagte, dass er damit nichts zu tun gehabt habe, er habe niemanden eingeladen, er wisse nicht einmal, wo Saura Kiri liege.
Jede Stadt braucht bisweilen, um zu wissen, dass sie noch lebt, einen Skandal. Nicht ein Skandälchen, nein, einen handfesten Skandal. Die Skandälchen laufen sowieso ab. Sie langweilen mit der Zeit. Der Skandal schlägt dann

zu. Leben taucht auf, das Leben in allen seinen Facetten. Das muss sich eine Stadt leisten, will sie Stadt sein und nicht als Idylle verkommen.

Ein hoch angesehener Arzt, spezialisiert auf die Freilegung, Aufdeckung und Heilung deformierter Kinderseelen, benützte seine Vertrauensstellung, um sich an Knaben heranzumachen. Man munkelte schon lange, dass der gute Onkel Doktor seine Buben oft zu nachtschlafener Zeit wecken und in sein Zimmer bringen ließ, aber niemand wollte sich anders darüber äußern als hinter vorgehaltener Hand. Offiziell hieß es, der verehrte Fachmann würde seine Heilungsprozesse am besten nächtens führen, da hätte er die größten Erfolge. Bald nannte man ihn den Schweinearzt. Aber über Jahre nahm ihm niemand die Knaben weg. Alles blieb wie es war. Der Schweinearzt blieb der Schweinearzt. Und seine Freunde, angesiedelt in den besten Kreisen, blieben ihm treu.

Bruno traf Freunde. Beim Dicken Wirt, einem Gasthaus am Würzelsee. Persönliche Freunde, nicht Interessenfreunde. Einfach Freunde. Der Dicke Wirt war auch ein Freund, man war zusammen in der Volksschule gewesen. Um dem Namen des Gasthauses, seit drei Jahrhunderten stand es unter diesem Namen am selben Fleck, gerecht zu werden, wurde jede Generation gefüttert und gestopft und gemästet, bis der Körper zum Hausnamen passte. Der jeweils dickste Nachkomme sollte das Geschäft übernehmen. So wollten es die Familienstatuten. Eine ausgefressene Familie, verfettet von klein auf, war die Folge. Fuhr der Wirt mit Kind und Kegel mit dem Fahrrad aus, war das eine Demonstration der Völlerei. Vorn der Vater, dahinter drei Kugeln und die Mutter als Schlussbombe. Alle langsam, ganz langsam tretend, kurzatmig, schon leichte Anstrengung ließ die Familie schwitzen im Verband. Fettleibig seit Generationen. Der fette Wanst als Familienkennzeichnung, ein Mal. Beim Dicken Wirt Rudolf saß nun Bruno mit seinen Freunden. Man kannte sich seit Schul- oder Studientagen, war einer Meinung und war nicht gern daheim.

Alle da noch immer, sagte Bruno, und alle noch immer tätig. Ein Segen, dass wir ein so fleißiges Volk haben. Dabei lachte Bruno.

Wieso haben, wir sind doch Volk.

Halb und halb. Wie immer, fleißig sind wir. Ein fleißiges Volk.

Ferdinand Grubelnig, der schon schlecht hörte, stimmte zu. Richtig, Bürgermeister, so ein fleischiges Volk, das ist schon was. Nicht so Dürrlinge. Knödelritter. Und weil er stolz war, dass ihm dieses Wort eingefallen war, wiederholte er: Knödelritter, Knödelritter sind wir. Vegetarische Kost bläht nur auf. Und Grubelnig aß noch einen Fleischknödel mit Sauerkraut. Knödelritter, ein Knödelritter bin ich.

Iss, Grubelnig, iss, wer nichts hört, soll wenigstens anständig essen.

Gelächter.

Und dann unanständig furzen.

Gelächter.

Schade, dass der Steger Franzi nicht mehr ist. Der wäre heute auch gern da gesessen.

Der war schon als Junger immer so schwermütig.

Lebensüberdrüssig von klein auf.

Der geborene Selbstmörder, wenn man es recht betrachtet, so Bruno.

Das kommt, wenn man an nichts glaubt.

Das Leben von Nihilisten ist immer gefährdet, so wieder Bruno.

Ab achtzig hat man Anspruch auf Verscheiden, vorher ist es eine freiwillige Leistung.

Gelächter.

Der Mensch braucht etwas, an das er sich klammern, in dem er sich verankern kann. Sonst fällt er in ein Loch. Sagte der Baumeister Gregor Schlattinger dazu. Und trank sein Bier auf einen Zug aus.

Glauben, an etwas glauben, das macht den Menschen aus, an Gott, an sich, an Werte. Ohne Glauben rutscht einem das Leben durch die Finger. Dr. Ernst Herting, Polizeiarzt, glaubte, etwas sagen zu müssen.

Werte, materiell und immateriell, zuerst die materiellen, die füttern dich durch, die immateriellen sind für den Urlaub, fühlte sich Reinhard Lebersorger, Bankbeamter, zu sagen verpflichtet. Und aß weiter seine Blutwurst mit gerösteten Erdäpfeln und sauren Rüben.

Der Steger, ja der Steger, ihr redet doch vom Steger, oder? hörte man Grubelnig fragen.

Gelächter.

Iss, Grubelnig, iss, iss auch dem Steger seine Portion, iss für ihn.

Gelächter.

Was hat der Steger eigentlich immer gegessen?

Was der Steger gegessen hat? Was wird er schon gegessen haben, Wiener Schnitzel, Schweinsbraten, Leberkäs, was isst man denn sonst schon bei uns. Warum willst du das überhaupt wissen?

Es gibt einen Zusammenhang zwischen Nahrung und Depression.

Hört, hört. Schnitzel macht depressiv, Schweinsbraten neurotisch, Leberkäs hysterisch.

Gelächter.

Volk, Fleiß, Gott, unterbrach Bruno, hält man auf Volk, Fleiß und Gott, bleibt man stark und erspart sich den Psychiater.

Bravo, Bruno, gut gesagt.

Und einen guten Bissen zwischen den Zähnen und einen Trunk zum Nachschwemmen, das braucht der Mensch, das hält ihn zusammen.

So wurde dahin geplaudert, hinein in die Nacht, nie die Tonart geändert. Man schaute, dass sich alles Gesagte in Dur hielt, Mollklänge wurden gleich wieder verwischt. Volk, Gott, Fleiß, Essen, Trunk, und wieder von vorn.

Dieses ergiebige Gespräch sollten wir bald fortsetzen, sagte Bruno, dann ließ er sich ins Rathaus fahren. Ihm war eingefallen, dass er eine wichtige Notiz am Schreibtisch vergessen hatte. Die würde er morgen gleich in der Früh brauchen.

Eigentlich lauter Deppen, sagte er zum Chauffeur, nehmen den Tag nicht ernst, halten sich nur zufällig in ihm auf. So lebt es sich leicht.

Da gab der Chauffeur Gas, nichts wie raus aus dem Gespräch.

Eigentlich ein Depp unser Bürgermeister, sagten die, die noch beim Dicken Wirt ausharrten, das war er schon immer.

Wahlen standen an. Schon wieder. Nein, was die Zeit mit mir aufführt, sie läuft mir einfach davon, sagte Bruno. Die Jahre waren verflogen. Und alle Pläne im Stadium der Vorbereitung. Wie die Tage doch versickern. Zu kurz für Großes. Beim nächsten Mal machen wir es besser, vor allem schneller. Gebt mir noch eine Chance, und ihr werdet staunen. Die ersten Jahre für die Vorbereitung, die nächsten für die Ausführung. Ihr müsst mir vertrauen. Mich nicht hängen lassen. Sonst ist meine ganze Vorbereitung für die Katz. Und alles fängt von vorn an. Lasst mich vollenden, was ich begonnen habe. Gebt mir noch etwas Zeit. Bis zur nächsten Wahl. Dann erst entscheidet. Doch diesmal nehmt mich, mich, Bruno, der einer von euch ist.

Wir sind Wir, war zu lesen auf den Wahlplakaten. Wir sind Wir. Eine klare Sache. Nicht zu widersprechen. Nichts falsch. Wir sind Wir. Von superber Klarheit. Oder doch nicht. Als Erklärung für Unentschlossene, wer sie denn nun seien, konnte man dieses Wir sind Wir lesen, oder als Erinnerungshilfe für Vergessliche, die Wir sind Wer einleuchtender gefunden hätten. Der Bürgermeister skandierte Wir sind Wir und Ich bin Ich, und die Menge, auf Bänken eingezwängt zwischen dem Rücken des Nachbarn und einem Bier, johlte. Johle, Volk, johle, dachte der Bürgermeister, und sei folgsam. Wer johlt, ist nett, macht keine Revolution. Wer knurrt, ist unwillig, aber ein johlend und einig Volk, mit dem kann man schon einiges anstellen, das Volk stimmt ab und mir zu.

Sein Widersacher diesmal war ein ausrangierter Buchhalter eines Staatsbetriebes, der in die Politik gekommen war, weil er nicht wusste, was tun. Nach der Privatisierung wurde er abgebaut. Als ehemaligen Betriebsrat nahm ihn seine Partei unter die Fittiche. Und da war keiner, der gegen Bruno antreten wollte, also nahm man den Neuling. Der trat auf, verhaspelte sich in Nebensätzen, lief rot an, und war schon im Hinten, bevor der Wahlkampf überhaupt so richtig angelaufen war. Patriot gegen Chaot, war jetzt Brunos Wahlkampfdevise.

Unglaublich, unglaublich, das ist doch einfach unglaublich, da drängen sich wildfremde Menschen an mich, greifen mir an den Arm, gerade dass sie mir nicht in die Sakkotasche hineinfahren mit ihren schmutzigen Händen, eine Frau hat gar meine Wangen getätschelt, das ist ja widerlich, alles ist widerlich, diese verfluchte Nähe, die man von mir verlangt, dieses Gezerre, dieses Herumgeschubse in der Menge, diese Atemnot. Bruno nahm sich vor, sich distanzierter zu geben in Hinkunft. Gleich nach der Wahl.

Bruno wollte es wieder werden. Bürgermeister, welch eine Erfüllung. Er wieselte durch die Straßen, lief auf fremde Menschen zu, umarmte Hunde, stellte sich mit Lehrern zusammen aufs Schulklo, aß Brei mit Altenheimbewohnern, strahlte mit Babys um die Wette, machte alles und jedes, was er zu tun gebeten wurde. Ich bin nicht unterzukriegen, ich gewinne, sagte Bruno sich und allen, die ihm über den Weg liefen, oder denen vielmehr er über den Weg lief. Doch die ersten Meldungen am Wahlabend sagten: es steht schlecht. Bruno wurde bleich. Der unbekannte Neuling von der anderen Seite zog mehr Wähler an als in allen Umfragen vorausgesagt. Da er unbekannt war, war er ein unbeschriebenes Blatt, er hatte nichts Wesentliches getan, somit auch keine wesentlichen Fehler. Diese Fehlerlosigkeit brachte Wähler. Seine Unsicherheit weckte Mitgefühl. Wenn ich nicht gewinne, stürze ich mich aus dem Fenster, schrie Bruno. Bier, Bier, gebt ihm Bier. Was, das Bier ist aus, dann gebt ihm Wein. Doch der Wein, statt Bruno zu erheitern, drückte ihn nieder, eingedenk der Weisheit, dass Wein den Glücklichen glücklicher, den Unglücklichen aber noch unglücklicher macht. Die Meldungen wurden immer schlechter. Der Bürgermeister rannte ans Fenster, öffnete es und lehnte sich hinaus. Alle im Raum sprangen herbei und zerrten ihn weg vom Fenster. Was wollt ihr, schrie der Bürgermeister, ich brauche doch nur frische Luft, vergönnt ihr mir die etwa nicht? Eine Katastrophe. Wars also doch Wahrheit, kein Albtraum, einmal hat mir geträumt, dass ich schon einmal in Kreitzberg war in einem früheren Leben, und raten Sie als was, als Brathuhn, jawohl, ich war in Kreitzberg als Brathuhn, denken Sie, als Brathuhn. Ich sehe mich noch, wie ich da am Spieß stecke und mich drehe. Und dann legt man mich weg und vergisst mich. Ich werde kalt, die Haut schrumpft zusammen, runzlig und eingefallen liege ich da, ein kaltes Brathuhn. Die Haut und das Huhn. Ein grausamer Traum. Nach diesem Traum wusste ich: Lass dich nicht weglegen, Bruno, werde Bürgermeister. Nicht kaltes Brathuhn. Und jetzt, ein Hohn nach meinem Traum, verbrät man mich womöglich tatsächlich. Bruno nahm einen kräftigen Schluck. Du, gewaltige Stimme des Volkes, zeige deine Schönheit, zeige deine Seele. Leb auf. Schweb auf. Und wähle. Mich. So sprach der Bürgermeister, dann brütete er vor sich hin. Die Stadtkasse war ihm eingefallen. Er rannte auf die Straße. Und wollte sein Sakko ausziehen, bei minus sechs Grad, aber da flog sein Chauffeur herbei und knöpfte das Sakko wieder zu. Angesichts des kernig treuen Wahlversammlungsvolkes könnte ein nackter Bürgermeister vielleicht doch keine gute Figur machen. Wenngleich er zeigen würde, wie abgehärtet, stählern er ist, wenn er nackt sich den Kältegraden entgegenstemmt. Seht ihn euch an, ein ganzer Kerl, steht nackt in der Winterkälte herum und schreit nach Glühwein, aber sonst tadellos. So einen Kerl brauchen wir.

Machen wir es kurz, erlösen wir Bruno von seinen Qualen. Die reifen Damen von den Villen am Sandkanal, deren Wahlsprengel als letzter ausgezählt wurde, gaben den Ausschlag. Sie ließen ihren charmanten Liebling Bruno nicht fallen. Er gewann die Wahlen, knapp, äußerst knapp, um zwei Hundertstel würde es bei einem Schirennen heißen, aber er gewann. Die ganze lange Nacht noch hörte man ihn singen, heulen, bramarbasieren, grölen und sich in alle Himmel loben.

Der Bürgermeister ließ seinen Stab teilhaben an seiner Erkenntnis der letzten Nacht: In Dienst und Würde, und wie erst als offizieller Träger von Würde, muss man immer geradeaus gehen und denken und reden.

Er ging durchs Leben, als wäre es das Natürlichste, dass man einen schweren Bauch trägt, dass einem die Haare in dichten schwarzen Büscheln aus den Ohren wachsen, dass man die Zehennägel wachsen lässt, bis sie sich krümmen, dass man die Brauenhaare die Stirn hinauf wachsen lässt. Seine unkontrolliert kreuz und quer wachsenden Augenbrauen gaben seinem Gesicht was Unordentliches, das durch nichts aufgewogen wurde, nicht von seiner gut geformten Nase, nicht von seinem Mund, gut geschwungen mit nicht zu üppigen und nicht zu schmalen Lippen, nein, sein Gesicht war unordentlich. Die Brauen. Mit diesem Gesicht versuchte er sein Leben teils zu bändigen, teils versuchte er zu beschränken, teils wollte er sein Meister werden. Hans Benda verwilderte. Und brauchte wieder einen Auftrag. Bruno ließ sich verleugnen. Nur keinen Jüngling mehr, auch keine Melone, den Benda sollten wir vergessen.

Hans Benda nahm, seine Verwilderung wollte er nicht wuchern lassen, eine junge Frau, das heißt, sie ließ sich nehmen, und bildete sie nach seinem Willen. Wie es einem Bildhauer zustand, haute er so lang an ihr herum, bis sie nach seinen Wünschen funktionierte. Als dann auch noch ein Töchterchen geboren ward, waren des Bildhauers Altherrenträume fertig geträumt. Nun brauchte er neue Aufträge.

Alle Mann selbe Schwein, wollen Frau, was sie kurz von außen kennen, gleich auch von innen kennen lernen. Sagte eine Bittstellerin, nachdem sie bei Dr. Hirsch vorgesprochen hatte. Und der grinste nur. Und meinte, man müsste sich nur etwas besser kennen lernen, dann könnte er schon einiges machen in der bewussten Sache.
Bruno kam es zu Ohren. Hirsch, Sie Schwein, Sie sollen nicht Mütter und Großmütter, die eine Wohnung suchen, ausgreifen, jedenfalls nicht im Amt.

He, ich weiß, warum dein Penis scheitert, ließ sich die Bürgermeistergattin, leicht angetrunken, am Parteiball vernehmen. Weil er an einem Bürgermeister baumelt, das betrübt ihn. Und dann lachte sie laut. Bruno ging. Kaum war er draußen, lachten auch die andern.

Die Würzelseebühne, ein wie provisorisch auf den See gestellter Tisch, wurde eröffnet. Bespielt wurde sie in den ersten zwei Jahren von Schulgruppen, Theaterversuchsgruppen von Sonderschülern, Seniorenbewegungsinitiativen, Theaterprojekten von Langzeitarbeitslosen und Spielgruppen der städtischen Pfarreien. Und Alpenwart hielt ein paar Monologe. Für mehr war kein Geld da. Ab dem dritten Jahr aber wird es ein tolles Programm geben, sagte Bruno jedem und jeder und auch jedem Kind. War ich denn vielleicht nicht toll, fragte Alpenwart und war beleidigt.

Der Bürgermeister wurde nach Hause gebracht. Kein Klopfen und kein Läuten aber ließ die Tür aufgehen.

Geh zu deiner Mutter schlafen, ich hab es satt, immer ein besoffenes Mannsbild bei mir zu haben über Nacht. Geh zu deiner Mutter. Dort kannst du kotzen, so viel du willst.

Lass mich ein, lass mich ein, ich bin schwach und müde.

Immer wieder entglitt Bruno dem ihn stützenden Chauffeur und plumpste auf den Boden.

Lass mich ein, ich werde es dir danken.

Nein, wirst du nicht. Du wirst deiner Mutter danken. Verschwinde.

Die Gattin wurde ungeduldig. Es war eine neblige Novembernacht. Bei der Bürgermeistergattin stellte sich die verlässliche Herbstdepression ein, vielmehr eine nach der andern. Der Bürgermeister musste oft bei seiner Mutter übernachten. In seiner Verzweiflung, diese Frau und diese Stadtkasse!, stand er, zur Unfreude seiner auf Ruf bedachten Mutter, oft nackt vor der Tür seines Elternhauses, nur eine Decke übergeworfen vom sorgsamen Chauffeur.

Der Bürgermeister sann, wenn schon nicht auf Rache, so doch auf Heimzahlung. Wie konnte er seiner Frau beikommen, wie konnte er sein Haus betreten, wann immer ihm danach war, ohne, bei Hitze wie bei Kälte, abgewiesen zu werden? Die Feuerwehr, so dachte er, untersteht doch mir. Es steht mir also zu, sie zu Einsätzen zu dirigieren. So kam es, dass eines heiteren Abends die Bürgermeistergattin, nur in ein Leintuch gehüllt, aus dem Bürgermeisterhaus gerettet wurde. Er habe so einen Brandgeruch in die Nase bekommen, rechtfertigte sich Bruno. Die Bevölkerung hatte ihr Gaudium, das sie noch lange betratschen konnte. Gut gemacht, Bruno, hervorragend, Herr Bürgermeister, der hast du es aber gegeben.

Es gibt Gesichter, die ich mir einfach nicht merken kann. Es ist zum Verzweifeln, da sitzt man einen Abend lang neben einer Frau, und am nächsten Tag hat man dieses Gesicht vergessen. Und dann sitzt man wieder zusammen und wieder, man kennt sich schon, aber das Gesicht ist so langweilig, man vergisst es immer wieder.

Bruno hatte schon wieder eine Dame der Kreitzberger Gesellschaft nicht gegrüßt. Beleidigt ließ die ihren Bekanntenkreis wissen, dass der Bürgermeister ein Rüpel sei. Bruno wurde das zugetragen. Jetzt grüßt er alles, was sich bewegt. Was für ein höflicher Mann doch auf einmal unser Bürgermeister ist, schrieb eine Zeitung.

Fasching war, die schöne Zeit des umtriebigen, nicht zufälligen Frohsinns. Kreitzberg nahm den Fasching ernst, bestellte einen Intendanten dafür, um den Frohsinn genau planen zu können. Der Frohsinn sollte nicht dem Individuum, schon gar nicht spontanen Einfällen überlassen werden. Überall Freibier und Freiwürstl, dazu als besondere Delikatesse und Großzügigkeit Freisalzgurken, gesponsert von einer Bank auf Anfrage des Stadtrats für Heimatschutz und Heimattreu.

Der Bürgermeister setzte einen Cowboyhut auf, band sich eine riesige, über und über getupfte Clownkrawatte lose um den Hals, ließ sich schwarze Punkte auf die Wangen drücken und schwenkte Tag und Nacht ein Glas. Er führte es stets in der Manteltasche mit sich und hatte es sogleich zur Hand, wo immer es nach Frohsinn roch. Prost, brüllte er ein ums andere Mal, Prost, Prost. Lang lebe der Frohsinn, lang lebe der Übermut, lang lebe unsere Stadt. Nur wenn dann einer sagte: Lang lebe das Kongresshaus, begann der Bürgermeister sogleich zu weinen und zerschmiss das Glas. Im Fasching fiel es auch nicht sonderlich auf, wenn er von Zeit zu Zeit nackt war. Dann fand sich jemand, der ihm was auf den Körper malte. Und irgendwer sang dazu.

Hans Benda ist das erfrischend nie erwachsene Mannstrumm, mit dem ich gern rede und umgehe. Die anderen Leute sind immer unerträglicher. Sie faulen aus dem Mund. Nur der Benda, der redet, wie ihm der Schnabel gewachsen ist, der ist ehrlich. So redete Bruno über einen, den er nicht ausstehen konnte. Im Fasching.

Mein Körper, dieser Sportplatz von Krankheiten, ärgert mich nur mehr, sagte Brunos Mütterchen, man sollte ihn längst zum Austrocknen aufhängen oder auskochen.

Es stand nicht gut um Mütterchen. Bruno war traurig. Und wenn Bruno traurig war, brüllte er sein Ich bin der Bürgermeister, Ich bin der Bürgermeister jedem, dem er im Rathaus begegnete, entgegen.

Ja natürlich sind Sie der Bürgermeister, Herr Bürgermeister.

Und was bedeutet das für Sie, dass ich Bürgermeister bin?

Glück, Herr Bürgermeister, reines Glück.

Sie sind glücklich, aber was ist mit mir? Darf ich nicht auch glücklich sein? Und Bruno weinte.

Neben einigen Ratschlägen zur Vermeidung von Haarausfall hinterließ der Historiker Remschad seinem Sohn ein Sparbuch mit sechs Euro. Dazu einen alten, zahnlosen Hund, der nicht eingehen wollte. Der Sohn ertränkte den Hund und ging zum Theater. Sänger wollte er werden, strahlender Tenor, der alle niedersingt. Er wurde Chorsänger. Ohne Aufstiegsmöglichkeit, ohne Solo. Abends im Grünen Anker brüllte er mit den am Theater versagten Arien das Lokal voll, Verdi, Puccini, Puccini, Verdi, selten einen Rossini. Er brüllte so, dass den essenden Gästen die Gabel aus der Hand fiel. Immer musste er im Chor zusehen, wie der Tenor brillierte, er nur die Nebengeräusche machen konnte. Der Grüne Anker wurde seine Solobühne. In seiner Verzweiflung über das Choristendasein trank er auch kräftig im Grünen Anker und animierte alle Gäste, mit ihm zu trinken. Der Wirt mochte ihn. Und Bruno überlegte, ob er den seinem Vater versagten Ehrgroschen dem singenden Sohn zukommen lassen solle.

An den großen Städten muss man Maß nehmen, sagte der Bürgermeister, müde des Abgrasens von Kleinsiedlungen. Lernen, schauen, aufnehmen, ausführen, das stand als Devise über ihm. Im wahren Sinn des Wortes, der Bürgermeister hatte diese vier Worte hinter seinem Schreibtisch an die Wand gemalt. Also fuhr er auf Studienreisen; nach Rom, Paris, London, immer ein ganzer Stab mit ihm, seine Beratersekretäre, Fachleute, Freunde, Parteifreunde, Freundin. Dem langsamen Sekretär ging das zu schnell, er wusste zumeist nicht, wo er gerade war. Und der dicke Sekretär wollte alle Würste aller Stadtteile kennen lernen. Er ist auf Würstlrallye, hieß es im Rathaus, wenn man nach ihm fragte.

Im Museum of the City of New York war eine Ausstellung über Lichtdesign, alle Designer von Rang waren vertreten. Bruno und sein Stab bald auch. Eine Woche lang studierte man die Ausstellung, sprach mit Designern, streunte durch New York, schwelgte in Plänen.

Das Ergebnis der Studienreise, als Auftakt zu sensationellen Lichtmanövern bezeichnet, ist eine Grableuchte am Kreitzberger Nordfriedhof. In Nachtblau.

Kreitzbergs Straßen waren ein Kapitel für sich. Man plumpste von einem Loch ins nächste. Die Stoßdämpfer der Kreitzberger Autos hielten nur halb so lang wie im Rest des Landes. Schwangere ließen sich durch die Stadt fahren, gleich darauf setzten Wehen ein. Mit alten Menschen fuhr man so lang durch Kreitzbergs Straßen, bis sich die Rentenzahlung erledigt hatte. Kinder, denen etwas im Hals stecken blieb, setzte man ins Auto, fuhr kurz an und schon war alles heraußen. Kreitzbergs Straßen ersparten so manche Fahrt ins Krankenhaus. Schon auf der Fahrt hin erledigte sich der Fall.

Gehen wir davon aus, dass manches davon übertrieben ist, die Bösartigkeit wieder über die Stränge geschlagen hat. Zu den vielen Löchern in den Straßen wurden noch ein paar dazu gemacht, zu den wahren Geschichten noch ein paar erfunden. Immer ist alles mehr, als es tatsächlich ist. In Wahrheit waren die Straßen im ganzen Land löchrig, nicht nur in Kreitzberg.

Bruno begegnete Alfred Gohr, der gerade über den Hauptplatz ging. Gohr ging immer. Der Tod kommt zu einem im Sitzen oder im Liegen, im Gehen übersieht er einen, sagte er. Gohr ging und ging. Er schlief nur die allernotwendigsten Stunden und war dabei, eine Technik zu erlernen, wie er im Gehen schlafen könnte. Seine Mahlzeiten nahm er gehend ein, langsam in der Küche im Kreis erst und dann hinaus aus seiner Wohnung. Gohr war der Stadtgeher. Ständig ging er seine Stadt ab, kreuz und quer.

Solche Leute wie der Gohr sind wichtig, sagte Bruno, verstummte dann aber, weil er auf einmal nicht wusste, warum und wofür.

Ein weiteres Jahr war über die Stadt gegangen, und wieder lief der Bürgermeister nackt und weinend über den Hauptplatz. Diese Stadtkasse, eine Sackgasse. Alle seine schönen Bauträume verweint. Nur die Grundsteine gelegt. Aha, sagte das Volk, das heißt Grundsteinlegung, weil der Stein dann am Grund liegt. Die Bevölkerung hatte sich längst gewöhnt an den nackten Bürgermeister, niemand fotografierte ihn mehr, man stellte ihm einfach ein Glas hin und ließ ihn weinen. Und des Bürgermeisters Frau ließ von Jünglingen ihren Körper salben und massieren. Die Kastanienbäume am Hauptplatz waren noch immer von der Fäule befallen.

Wenn der Föhn durch die Stadt blies, blies er bis hinein in die Hirne der Kreitzberger. Sie wurden aufgeregt, geil, unduldsam, aufrührerisch. Da kam es schon vor, dass Bruno das zu hören bekam, was er nicht hören wollte und was sich das Kreitzberger Volk an föhnlosen Tagen versagte. Wer wollte es Bruno verargen, dass er, wenn Föhn angekündigt war, die Stadt verließ oder sich in seinem Haus verschanzte, Unpässlichkeit vorschützend.

Bruno erhob sich im Gemeinderat. Vergesst nicht, wir haben Ziele vor Augen. Die Verwaltungsreform muss angegangen werden. Heute, nicht morgen.
    Halten wir uns nicht auf. Monatlich gab es eine Absichtserklärung, halbjährlich eine Absichtskundgebung, jährlich ein Entschuldigungskommunique, warum noch

nichts geschehen war. Eine so komplizierte Materie ist nicht im Handstreich zu erledigen, sagte Bruno, so etwas will gründlich überlegt sein, wieder und wieder und nochmals. Die Verwaltungsreform wurde auf die lange Bank geschoben, das bewährte Aussitzen erwies seine Kraft des Beharrens.

Der große Sohn, ein anderer großer Sohn, nicht der Stadt, aber doch des Landes, las aus seinen Schriften in Kreitzberg und wollte empfangen sein. Ein Schriftsteller unauffälliger Statur, grau, einen Tag verstockt, den anderen verkniffen, chronisch nach unten gezogene Mundwinkel, die er leicht lupfte, wenn er, selten genug, zu lächeln versuchte, in Rede und Schreibe mehr bombastischer Flügelschläger als eleganter Flieger, Verkünder des Offensichtlichen, Mann der guten Absicht, Produzent von Vergangenheits- und Sozialgeplänkel samt Hygieneartikel zur anschließenden Katharsis. Dieser Sauberkeitsfimmel brachte ihm viele Einladungen und Essen und Zugang zu den republikanischen Salons, in deren jedem er hartnäckig am Stammtisch hockt. Das gibt ihm das Gefühl, wichtiger Teil des Staatsgefüges zu sein. Und nun war er in Kreitzberg.

Was soll ich anfangen mit dem, fragte Bruno den Adlatus Dr. Hirsch, was soll ich mit dieser Niete, der kann ja nicht einmal singen oder tanzen, der kann kein Feuer schlucken, keinen Ball irgendwo hineinschießen, nicht einmal einen Spagat kann der machen. Was kann der überhaupt?

Schreiben, Herr Bürgermeister.

Schreiben? Auch schon was, das kann ich auch.

Der schreibt Sachen, die dann gedruckt werden.

Das tun andere auch.

Ja, schon, aber der wird mehr gedruckt als viele von den anderen.

Und was wird gedruckt? Pofel. Journalisten und Schriftsteller, alle schreiben nur Pofel. Und davon kann man leben. Und wird auch noch berühmt. Was für eine Welt ist das, Hirsch?

Das werden wir nicht klären, Herr Bürgermeister, müssen wir auch nicht, wir haben nur den nächsten Termin zu überstehen, und jetzt eben den.

Das haben Sie schön gesagt, Hirsch. Sie sind der würdige Schwiegersohn eines lieben Freundes. Der hat auch immer so tiefe Sachen von sich gegeben. Was schlagen Sie vor?

Geben Sie ihm was zu essen und zu trinken, viel zu essen vor allem, er ist verfressen, wenn es nichts kostet, ein Schnorrer, hab ich gehört, unterhalten Sie sich kurz mit ihm, über was immer, übers Ficken redet er gern angeblich, er lispelt, wenn er aufgeregt ist, nicht dass Sie lachen, und nach sagen wir einer halben Stunde komme ich und sage aufgeregt was von einer Katastrophe und dass Sie unbedingt sofort weg müssen.

Gut, das klingt gut, sehr gut, Katastrophe ist immer gut, nur als Ausrede natürlich, meine ich, nicht wirklich, nicht die wirkliche Katastrophe. Obwohl, das muss ich schon sagen, auch die ihre Reize hat. Aber als Ausrede ist sie unschlagbar. Hirsch, Sie Kerlchen, Sie sind ja nicht nur tief, Sie sind ja auch wendig, das lob ich mir. Ich werde über Ihre Beförderung nachdenken müssen. Haben Sie eigentlich schon die Dienstprüfung gemacht?

Noch nicht ganz, Herr Bürgermeister, nicht ganz, aber ich bin dran.

Work in progress also, lachte Bruno, das reicht. Das kriegen wir schon hin. Der Tipp mit der Katastrophe wiegt eine Dienstprüfung leicht auf. So, und jetzt lassen Sie den verfressenen Klotz herein, das müssen wir schnell hinter uns bringen. Und vergessen Sie nicht, nach zehn oder höchstens fünfzehn Minuten ist Katastrophe.

Noch was, Herr Bürgermeister. Er ist auch Kulturlandschaftsgeograf, so was gibt es, rennt überall herum und treibt sich Jung und Alt vor die Kamera, dazu Hütten, Ziegen, Kühe, Wiesen und Wälder.

Wie nennt sich so einer, sagen Sie?

Kulturlandschaftsgeograf.

Du lieber Himmel, ist das ein Beruf?

Naja.

Aha.

Schön, dass Sie in unserer Stadt sind, willkommen, sagte Bruno und streckte dem Schriftsteller die Hände entgegen, ich hoffe, es gefällt Ihnen bei uns. Setzen wir uns doch. Und essen Sie, essen Sie, nehmen Sie.

Der Schriftsteller aß ein belegtes Brot nach dem anderen, kaute nur kurz, schob das nächste Brot nach und noch eines und noch, zwischen den Bissen erzählte er von seinem neuen Buch, die Innensicht von Welt und mir, Autobiografie, wissen Sie, Herr Bürgermeister, wissen Sie, zu einer guten Biografie gehört ein saftiges Kindheitstrauma, am besten ausgelöst durch die Eltern, Nazis oder Katholiken, am besten beides zusammen, da ist kein Entkommen, das lässt einen nie wieder los, das legt sich übers ganze Leben, und weiter, wie er darunter gelitten habe, als er erfahren musste, dass seine Eltern so wankelmütig gewesen sind in schwerer Zeit, er habe überhaupt viel gelitten im Leben, dieses Leid, Herr Bürgermeister, ich sage Ihnen, das hat sich eingegraben in mich, meine Veranlagung geht ja eher in die sonnige Richtung, aber dieses Leid, diese Eltern, dieses

Leid, als ich sie durch das Schreiben in ihrem ganzen Niedersinn wahrgenommen habe, Schreiben ist Leiden, das ist mir klar geworden, diese Schule, diese Lehrer, diese erste Frau, dieser Brotberuf, dieser mich umgebende Kleingeist, diese Finanzen, diese lange Missachtung meiner Arbeit, diese zweite Frau, diese sich vordrängenden Kollegen, die dritte Frau, diese dritte Frau, ich sage Ihnen, diese Missgunst, die sich über meine Sätze lustig macht, dieser Rohrbruch im Winter, diese Brote sind ausgezeichnet.
Nehmen Sie, nehmen Sie, so viel Sie wollen. Essen Sie.

Ich muss mich um zwei Dinge kümmern, die Verwertung meines Leids und den Schutz meines Monopols auf Antifaschismus. Dieses Leid. Nur ein Beispiel, Herr Bürgermeister. Vater hat eine Wassermelone gebracht, riesig und so schwer, dass ich sie nicht habe heben können. Teile sie, hat er zu mir gesagt, teile die Melone, ich will sehen, ob du dir helfen kannst. Die Riesenmelone und ich Knirps, ich war sechs Jahre alt, ein ungleicher Kampf, eigentlich überhaupt kein Kampf, ich war schon geschlagen, bevor der Kampf begonnen hat. Wie soll ich das angehen? Mit einem Messer hab ich herumgestochen, zum Schneiden hab ich ja noch nicht die Kraft gehabt. Ich hab es nicht geschafft. Und da hat Vater diese furchtbaren Worte gesagt: Du bist ein Versager. Wegen der Melone, wegen dieser blöden Melone. Sagen Sie selbst, war mein Vater nicht ungerecht? Ich hab die Melone vom Tisch heruntergerollt. Teilen sollst du sie, nicht zerschmeißen, hat er geschrien, du Niete. Es war furchtbar. Jahre hat mich das verfolgt. Ich, ein Versager, eine Niete. Heute teile ich jede Melone, die kann gar nicht so groß sein, dass ich nicht fertig werde mit ihr. Man wächst eben. Nicht zu früh zu große Aufgaben angehen. Und nicht zu früh Großes verlangen. Das hab ich gelernt daraus.

Interessant, sehr interessant, was Sie da sagen. Essen Sie, essen Sie gegen das Leid an.

Danke, sehr liebenswürdig, Herr Bürgermeister. Ich schreibe nicht nur, ich fotografiere auch, verdammt gut, sagt man, darf ich Sie fotografieren, Herr Bürgermeister? Meine Bilder sind zwar teuer, aber dafür. Da ging die Tür auf.

Herr Bürgermeister, entsetzlich, eine Katastrophe, Sie müssen sofort, und Bruno sprang auf.

Die Pflicht ruft, tut mir Leid, ein andermal hoffentlich länger, leiden Sie nicht zu viel und schreiben Sie schön weiter.

Das Foto, das Foto, Herr Bürgermeister, aber da war Bruno schon nicht mehr zu sehen. Der Schriftsteller verstaute zwanzig Brote in seiner Reisetasche und packte zwei Flaschen Wein dazu.

Falsch, Hirsch, gelispelt hat er nicht, aber blöd geredet, kein Ton vom Ficken, nur Leid. Die Katastrophe war gut, ist im rechten Moment eingetreten.

Von nun an war die Katastrophe im städtischen Repertoire des Umgangs mit bloß geduldeten Besuchern. Zumal sich ein dicker Landesdichter, auch er Stammtischsitzer in Salons und gelegentlich Koch von Ministern, ein ordinärer Landschaftsmaler und ein redseliger Historiker zu Besuch angesagt hatten. Und Dr. Hirsch war drei Gehaltsstufen vorgerückt.

Nach fünf Wochen war Dr. Hirsch seine Gehaltsaufbesserung wieder los. Er hatte den Bürgermeister von einem Besucher losgeeist. Herr Bürgermeister, Sie müssen sofort nach Hause, bei Ihnen ist eingebrochen worden, gerade ist der Anruf gekommen. Dr. Hirsch konnte nicht wissen, dass tatsächlich in das Bürgermeisterhaus eingebrochen wurde zu selber Stunde, eingebrochen, Schmuck gestohlen, verwüstet.

Hirsch, Sie Rindvieh, Sie sollen Katastrophen benützen, nicht ins Leben rufen. Sie haben die Gehaltserhöhung für erfundene Katastrophen bekommen, nicht für tatsächliche. Fangen Sie von vorn an nochmals. Außerdem, das nur nebenbei, Sie haben ja noch immer nicht die Dienstprüfung gemacht.

Es geht uns doch gut, unglaublich gut, ich frage mich, warum wir überhaupt etwas ändern sollen. Was können unsere Vorhaben eigentlich verbessern, es geht uns doch besser jeden Tag. Zu gut schon. Aber wenn es allen gut geht, wird gemeckert. Der Mensch in Not ist dankbar für alles. Der Mensch im Überfluss streckt seine Hände aus nach mehr und noch mehr. Und meckert, wenn er es nicht gleich bekommt. Es wird gemeckert, also geht es uns gut. Mit allem, was wir tun, wecken wir Gier. Das gebe ich zu bedenken.

So sprach Bruno im Gemeinderat, die Opposition hatte Kreitzbergs schleppende Entwicklung beklagt.

Also ich weiß nicht, ich war immer eine glückliche Frau. Ich habe mir Unglück vom Leib gehalten. Das einzige Unglück war mein erster Mann, aber den habe ich bald aus dem Haus gejagt. Und meine Schönheit, die ist mir auch im Weg gestanden, die Männer sind geflogen gekommen wie die Fliegen, es war schwer, würdig und unwürdig, arm und reich auseinander zu halten. In so manches Unglück bin ich gestolpert dabei, aber nur kurz. Eines Tages hab ich mir gesagt, wenn schon schön, dann nicht auch noch unglücklich und arm. Und hab mich nur mehr an die Richtigen gehalten. Von da an war ich glücklich. Und hab meinen zweiten Mann kennen gelernt, aber den kennt ihr ja. In Bosnien sind wir uns näher gekommen. Die Grillen haben gezirpt, die Frösche gequakt, die Vögel haben, nein, die haben schon geschlafen, der Kellner hat ein Lied vom bosnischen Wein gesungen, der ist ja ein Dreck, der Wein, meine ich, ja, das Lied auch, aber unter dem bosnischen Sternenhimmel, was klingt da nicht göttlich, was schmeckt da nicht göttlich. Glück, pures Glück. Von da an war Glück. Mein Mann und ich, und wenn er sich gehen lässt, bin ich ich und auch mein Mann. Ich bin mein Mann notfalls, kapiert? Unglück sollte nur anderen widerfahren, nicht mir. Anderes Unglück lässt mich kalt. Mein Glück soll nicht gestört werden durch Denken an das Unglück anderer. Wohltätigkeit ist nicht meine Sache. Wohltaten, schales Zeug für Unterbeschäftigte. So sprach die Bürgermeistergattin im Verein der besseren besessen glücklichen Frauen.

Und jetzt gehen wir alle auf den Markt und verkaufen Punsch für die armen Kinder von Kreitzberg. Meine Worte waren eben nur Worte, vergesst sie, jetzt sind Taten an der Reihe. Wahre Wohltäter bleiben unbekannt und ungenannt, so ein Blödsinn, man soll wissen, dass wir uns kümmern um das Elend. War die Mutter Teresa unbekannt und ungenannt? Die hat Millionen zusammengekratzt für ihre Armen, weil sie bekannt und genannt war. Mörder darf man wissen, aber Wohltäter nicht? Wo leben wir? Frau Bürgermeister hatte offenbar recht, denn niemand widersprach.

Die besseren besessen glücklichen Frauen, gerüstet wie eine Barockkirche, Wohltätigkeit in den Augen, setzten sich in Reih und Glied, die Bürgermeistergattin an der Spitze, in Bewegung Richtung Markt. Die Wohltat sollte eine gute Stunde haben.

Die glücklichen Frauen stellten sich an ihren Wohltätigkeitsstand, dienstbare Geister hatten den Punsch gepanscht, und unter Geschnatter und Gekuder animierten sie die Vorbeiziehenden, Punsch zu trinken für die armen Kinder von Kreitzberg. Das Geschäft lief gut, die Punschkessel leerten sich. Nur für eine Minute war die Laune verdorben. Ein Mann, dem Punsch offeriert wurde, sagte nur zornig: Ich bin aus Kreitzberg. Ich habe kein Geld für Punsch. Wir sind eine Notstandsgemeinde, da hat niemand Geld für Punsch. Schenken können Sie mir einen Schluck, verkaufen nicht. Die wohltätigen Frauen schenkten dem Mann ein Glas Punsch ein. Er sollte zum Schweigen gebracht werden. Dann stritten sie, wer von ihnen das Geld dafür in die Kasse legen sollte. Letztlich wurde entschieden, dass man auch einmal ein Gratisglas abgeben dürfe.

Die Stimmung am Stand der Wohltat stieg. So mancher hatte schon das dritte Glas intus. Aus sich herausgehende Betrunkene belästigten die besessen besseren wohltätigen Frauen. Für drei Punsch, Frau Doktor, darf ich Ihnen an den Hintern greifen, abgemacht? Frau Doktor war schockiert. Dann besah sie sich das Mannsbild näher, fand es angenehm annehmbar und verlor ihren Schock.

Vier Punsch, schöner Mann, sagte sie.

Und wenn ich fünf Punsch kaufe? Oder sagen wir sechs?

Darüber sprechen wir unter vier Augen, sagte Frau Doktor leise, aber ich fürchte, nach sechs Punsch werden Sie die Orientierung verlieren.

Gut, dann doch nur vier.

So begab es sich, dass Frau Doktor ihr Glück fand, das sie lange hatte vermissen müssen, da ihr Herr Doktor beschlossen hatte, seine späten Tage im selbst eingerichteten Weinkeller zu verbringen und den Reizen seiner Gattin nicht mehr zu erliegen. Die Wohltätigkeit hatte sich bezahlt gemacht, Wohltat kehrte ein bei ihr.

Da war die Bürgermeisterin schon lang nicht mehr da. Niemand wusste, wann mit wem sie wohin verschwunden war. Niemand konnte sich erinnern, sie überhaupt gesehen zu haben am Punschstand.

Park-Karli, wie der alte Karl Aschinger, ehemaliger Käsehändler, jetzt, nach eigenen Worten, gut betuchter Stadtstreicher, genannt wurde, schlief auf einer Bank am Hauptplatz, schnarchte und furzte vor sich hin. Als Bruno, heraustretend aus dem Rathaus und den üblichen Weg nehmend zu seinem Lokal, in dem er fast täglich zu Mittag aß, an Park-Karli vorbeikam, ließ der einen fahren und schnarchte danach wie sich zustimmend laut auf.

Dieses Individuum gehört extrahiert von hier, sagte Bruno, was sollen sich Touristen von uns denken, wenn wir solche Bürger der Stadt öffentlich sich entladen und solche Geräusche von sich geben lassen.

Brunos Sekretäre sprangen sofort herbei, um Park-Karli aus dem Schlaf zu holen und ihn, dies die Worte der Sekretäre, zum Verlassen des Platzes zu bewegen, notfalls unter Zuhilfenahme der Polizei. Sie sagten tatsächlich: Herr Aschinger, wir werden Sie jetzt zum Verlassen des Platzes bewegen, notfalls unter Zuhilfenahme der Polizei.

Herr Aschinger, Herr Aschinger, so der erste Sekretär, jeder in der Stadt kannte Park-Karli, Park-Karli hätte gereicht als Anrede, Herr Aschinger, Sie sind ein Ärgernis für den Herrn Bürgermeister, verlassen Sie diese Bank und stellen Sie Ihre Geräusche ein. Herr Aschinger, so hören Sie doch. Werden Sie munter, Sie können hier nicht schlafen.

Und ob ich kann. Ich kann nicht nur, ich muss. Ich hab kein anderes Quartier. Und jetzt lasst mich in Ruh.

In Ruh lassen dürfen wir Sie nicht. Können wir was tun für Sie, damit Sie sich leichter von dieser Bank trennen?

Ich hab nur noch ein paar Jahre, in denen möchte ich nicht frieren. Ich will nach Sizilien, aber ich hab kein Fahrtgeld.

Wir werden sammeln für Sie.

Dann sammelt schön, ich warte hier aufs Geld.

Hier können Sie nicht warten.

Da öffnete Park-Karli seine Augen einen Schlitz breit, trat den ersten Sekretär mit einem schnellen Tritt ans Schienbein und schloss wieder die Augen. Der erste Sekretär jaulte auf wie ein gegen die Hoden getretener Hund und sagte zum zweiten Sekretär, dass der die Amtshandlung weiter führen solle.

Ich? Ich soll den Aschinger, den Park-Karli, ich? Ich doch nicht.

Natürlich sollen Sie.

Nein und nochmals nein, ich nicht. Ich will nicht getreten werden.

Und ich soll mich treten lassen?

Das ist Ihnen überlassen.

So ein Tritt wäre ganz gut für Sie, um Sie munter zu halten.

Mich munter halten?

Solchen Dispute führen zu nichts, landen im Nirgendwo, daher wollen wir das weitere Gespräch gar nicht mithören, sondern nur berichten, dass Park-Karli nach wie vor seine Bank behauptet. Kreitzberg hat zu leben mit ihm. Und, salomonische Lösung, Bürgermeister und Anhang machen einfach einen Bogen um ihn. Und als der Bürgermeister sah, wie ein Tourist den Park-Karli fotografierte, meinte er, dass man wohl getan habe, diese arme Seele nicht zu verjagen, das wäre doch zu unmenschlich gewesen.

Im Zentrum von Kreitzberg war ein renommiertes Hotel, bekannte Prominentenabsteige, das als schönstes Hotel der Stadt und weit darüber hinaus bekannt war. Arabische, griechische, russische, spanische, tibetische, chinesische Zimmer und Hallen, Luxussuiten sonder Zahl, dazu Bilder der größten Kitschhersteller des Landes, Herstellern von öligen Stilleben mit und ohne Frauen und mit und ohne mythologischen Beistand, alles geboren aus dem ehrlichen Verlangen des Besitzerpaares, ein schönes, ein wahrhaft vollendet schönes Hotel zu gestalten.

Ein Gast, durch ein Hüftleiden, das plötzlich akut wurde, an sein Konfuzius-Zimmer gebunden, wurde durch den Daueraufenthalt in seinem Zimmer fast wahnsinnig, jedenfalls verlor er große Teile seines Verstandes. Er wollte die Tapeten abbrennen, die er nicht mehr sehen mochte. Die Vorhänge, der Teppich, dann die ganze Einrichtung fingen Feuer, und als man den Brand bemerkte, war es zu spät, etwas zu retten. Das Hotel brannte nieder. Der Anzünder kam in den Flammen um, die anderen Gäste konnten in letzter Sekunde flüchten. Darunter auch die Bürgermeistergattin, die sich das Eva Peron-Zimmer genommen hatte, um mit sich allein zu sein. Gerüchte behaupteten, gerade das Gegenteil von Alleinsein habe sich in diesem Zimmer abgespielt. Doch Gerüchten wollen wir kein Ohr leihen. Die Bürgermeisterin entkam knapp, hatte nicht einmal Zeit, sich anzukleiden, und stürmte auf die Straße. So kam es, dass sich das Bürgermeisterpaar am Hauptplatz nackt gegenüberstand, denn der Bürgermeister hatte wieder einmal in die Stadtkasse geschaut. Da standen sie sich nun gegenüber und erzählten sich ihr Unglück. Jeder nickte verstehend bei den Worten des anderen. Dann endlich fanden sich Decken für das Paar, und es zog sich ins Rathaus zurück.

Es spricht für Kreitzberg, dass das Prominenten-Hotel wieder aufgebaut wurde. Das alte Besitzerpaar hatte die Freude daran verloren nach dem Brand, Frieda Onleitner übernahm den Laden, und nach nur zwei Jahren Bauzeit konnte sie sich rühmen, die Prominenz, die Kreitzberg besucht, bei sich im Hotel Luzia zu beherbergen. Kaum war ein prominenter Gast über die Schwelle des Hauses getreten, schon wurde ihm das Gästebuch unter die Nase gehalten, ein Willkommenstrunk in die Hand gedrückt, und Frieda Onleitner ließ ihr Dekollete aufleuchten. Dann stellte sie dem erlauchten Gast ihre längst erwachsenen, aber beim Haus gebliebenen Kinder vor und ließ ein Foto machen. Dann erst durfte der Gast in sein Zimmer. Und da erwartete ihn einiges. Frieda Onleitner wollte die Einrichtungslinie der ehemaligen Besitzer nicht nur kopieren, sondern noch übertreffen. Das ganze Hotel Luzia zeichnete sich dadurch aus, dass es in puncto Ausstattung eben keine durchgehende Linie hatte, sondern die ganze Welt erscheinen lassen sollte. Da gab es arabische Zimmer und Zimmer mit Motiven aus Wagner-, Verdi- und Puccini-Opern, selbst das Verließ aus Beethovens Fidelio war nachgebildet für Masochisten, älplerische Einflüsse wurden verarbeitet zu Hüttenzimmern, Louis Seize-Räume wechselten ab mit altrussischen Datschas, Beduinenzelte mit gotischen Kirchen, und das alles in seiner pompösesten Ausformung. Ikonen hingen neben Playboyablichtungen, Flügelaltäre neben Säcken, gefüllt mit Saharasand, eine Waldidylle neben einem korinthischen Sims, ein Trinkerporträt neben einem Koranabschnitt. Mancher Gast fühlte sich in einen Abtritt des Geschmacks versetzt und wechselte noch am selben Tag das Hotel. Andere wieder, besonders die, die geladen waren, konnten sich nicht genug auslassen über die superbe Erlesenheit von Frieda Onleitners Etablissement. Wie auch immer, das Hotel Luzia wurde wieder zu einem Treffpunkt der Prominenz und zu einem Kreitzberger Aushängestück.

Das andere Hotel, das auch einiges zu Kreitzbergs Stolz beitrug, war historischer Boden. Hier hatte, wie die Besitzerin für den Rest ihres Lebens jedem Gast mit leuchtenden Augen aufdrängte, der Führer, samt Tross eingefallen in die Stadt im Jahr 1938, erst seine Kasnudeln ver-, und dann der Besitzerin, die servieren durfte, die Hand gedrückt. An diesen Höhepunkt ihres Lebens konnte kein späteres Ereignis heranreichen, täglich badete sie in der Erinnerung daran. Als des Führers Absteige und sich selbst als untertänige Absteigerin bezeichnete sie Hotel und sich, dessen Besitzerin. Und wer ihrer Erzählungen überdrüssig wurde, der konnte auf Lokalverbot zählen. Kreitzbergs Bürger hörten die Erzählungen gern und immer wieder, Lokalverbote betrafen höchstens Gäste aus der Fremde. Ein feines Haus, sagten Kreitzbergs Bürger, wobei nicht ganz klar war, ob sie das Haus oder die Wirtin meinten.

Am Nordfriedhof große Feier für die Gefallenen. Sie sind keine Engel geworden, sondern Soldaten im Himmel, sagte der Gefallenenfestredner jedes Jahr, heuer eben Bruno. Die vielen Kriegerdenkmäler ließen auch gar nichts anderes zu. Besinnliches Grauen setzte ein, umrahmt von Liedern und Fahnen, manche der überlasteten Fahnenträger konnten sich kaum auf den Beinen halten, aber die Sorge um die Kameraden hielt sie aufrecht, dann wurden sie tagelang gepflegt. Die noch lebenden gedachten der toten Kameraden und der alten Zeiten mit würdigem Brimborium. Das Treffen derer, denen das Leben eine Vergangenheit, aber keine Zukunft zugestanden hatte. So sagten böse Zungen, aber denen wollen wir gar nicht zuhören. Da versicherten sich alle ihrer Tollkühnheit in den alten Tagen, dann, im Wirtshaus ums Eck, waren sie besoffen und kugelten grölend, oder auch, wenn sich einer eine Verstauchung oder ärgere Verletzung zugezogen hatte, stöhnend herum. Die Rettung klaubte die Trauerfeiernden auf. Tags darauf riefen sich die Feiernden gegenseitig an und versicherten sich ihrer Kameradschaft und was für ein erhebender Tag das gestern doch wieder gewesen sei. Nächstes Jahr wieder.

Solche Trauerfeiern sind einfach da, Routine, werden nicht erwähnt in anderen Städten. In Kreitzberg aber gehörten sie zu den Höhepunkten des Jahres, ohne diese Feiern am Friedhof wäre das Jahr nicht abgelaufen, das Jahr hätte ein Loch gehabt, die Kreitzberger mit Fahnen und Trompeten füllten es, jetzt erst war das Jahr vollkommen. Ohne Feier wäre so manches Kreitzberger Leben ärmer. Auch Brunos Leben.

Um dem Rathausleben Lichter aufzusetzen, stellte der Bürgermeister so manchen Tag unter ein Motto. Da gab es einen Tag im Serail, einen Victorianischen Teetag, einen Tag am Strand von Hawaii, einen Tag des Lichts, Tage des Italienischen und des Französischen Blutes, einen Tag der Fremden und noch allerhand Variationen. Dr. Hirsch war zuständig für Kreation und Organisation solcher Tage. Dementsprechend fielen sie aus. Übergehen wir das Tohuwabohu solcher Tage und stellen wir es uns nur kurz vor. Das genügt. Es sollte nur die Fantasie des Bürgermeisters gezeigt werden und wie sehr sie immer arbeitete.

Ich will keinem Provinznest vorstehen, ich will kein Landbürgermeister sein, wir müssen Stadt werden, eine richtige Stadt. Eine Stadt von Löwen. Packen wir es an. Dieses Wort treibt noch immer durch Kreitzberg, täglich aufgewärmt.

Tod am Computer, der würdigste Tod unserer Tage, sagte Bruno, wenn ein Angestellter der Stadtverwaltung im Büro verschied, so einen Tod wünsch ich mir auch, da bekommt der Tod Sinn.

Sein neues Credo ließ Bruno in seinem Büro an die Wand tapezieren: Nicht die Untat ist des Menschen unwürdig, doch die Nichttat. Angesichts der steckengebliebenen Projekte rätseln Angestellte und Gäste und sonstige Besucher, was damit gemeint sein könnte. Ist es als Ansporn, als Antrieb zu verstehen? Oder will Bruno noch ein paar Abkömmlinge von Freunden unterbringen? Oder ist es nur eine Laune? Rätsel über Rätsel.

Ein Merkmal, eigentlich Merkmale, der Stadt Kreitzberg waren die vielen Brunnen. Brunnen, Brunnen allerorten. Das kam so: Der Bürgermeister eröffnete einen von Künstlerhand gestalteten Brunnen, den zentral aufgestellten Karli Bugelnig-Brunnen, daraufhin wollte jeder Stadtrat auch einen Brunnen eröffnen. Jedem seinen Brunnen, war die Devise. Überstürzte Brunnenbautätigkeit setzte ein. Und dann wollte auch noch jeder Gemeinderat seinen Brunnen eröffnen. Da haben wir nicht genügend Wasser dafür, warnten die Experten. Und wo sollen alle die Brunnen stehen, man stolpert ja schon über sie, ist dauernd nass, weil man von einer Sprühgischt in die andere geht. Nein, keine neuen Brunnen mehr, sagte der Bürgermeister, wir sind hinreichend versorgt mit Brunnen. Ein paar Kriegerdenkmäler könnte man aber noch unterbringen. Von denen werde niemand nass, höchstens feuchte Augen könne man bekommen vor Rührung über seine Helden.

Die Madonna, wie sie wegen ihres rotgoldenen Gesichts genannt wurde, fragte jeden um Geld. Bruno gab, Bruno war großzügig. Bruno gab auch Bettlern. Bruno wollte, dass niemand übersehen wird. No citizen left behind, fuhr es aus Bruno heraus. Sein Faible für Angelsächsisches und seine Volkstumsleidenschaft kamen sich bisweilen in die Quere. Man hatte sich gewöhnt an so manch englisches Wort aus der Bürgermeisterei. Peinlich war es nur, als Bruno einmal am Ochsenberg ins Englische rutschte. Da schauten die Kameraden kurz auf und dann weg. No citizen left behind, allen soll gegeben werden. Dann ging Bruno zur Stadtkasse und ließ sich das gespendete Geld als Repräsentationsausgabe ersetzen.

Die Stadt riss sich auf. An allen Enden und Ecken wurden Straßen und Gehsteige aufgerissen, Rohre senkrecht und waagrecht in Gräben gesteckt und gelegt, Bäche wurden verlegt, ober- und unterirdische, die Stadt wechselte von behäbigem Fortschreiten auf Aktionsrausch. Das Aufreißen ging weit schneller als das Zumachen, die Stadt war an vielen Stellen blockiert, Staus auf ihren Straßen wurden zur Regel, desgleichen Unfälle. Kinder, losgerissen von ihren Eltern, liefen weinend und schreiend zwischen Erdhäufen herum. Die Eltern zwischen Erdhäufen in anderen Stadtteilen.

Die Mittel hielten nicht Schritt mit dem Rausch des Aufbruchs. Straßen, Straßenbahn, Fernheizwerk, Hallenbad, Palmenhaus, Stadion, Kongresshaus, Zoo, Bahnhof, Schlachthof, Einkaufszentrum, Wohnungen, Konzerthalle und alle übrigen Projekte blieben stecken. Die Straßen wurden nicht fertig, sie verliefen sich. Die Straßenbahn wurde begonnen, aber nach zwei Kilometern wurde der Bau eingestellt, rostige Geleise nach Nirgendwo. Vom Plan des neuen Fernheizwerkes zeugen heute noch die Grundmauern. Wo das Hallenbad stehen sollte, ist eine Baugrube. Alle andern Projekte endeten ähnlich. Nichts kam über den Anfang hinaus. Der Anfang ist gemacht, sagte Bruno, man denke an die Geburt des Universums aus dem Chaos, der Anfang ist immer das Schwerste. Man muss auch dem Nachfolger was lassen.

Mit einem Baum fing es an. Jede Epidemie fängt klein an. Die Häuser, als schämte man sich ihrer, wurden hinter immer mehr Bäumen versteckt. War ein Loch im Pflaster, schon wurde ein Baum gepflanzt, in den Boden gezwungen, gerammt. Dieses Italien mit seinen verödeten Plätzen, kein Baum, kein Strauch, nur Häuser, da sind wir aus anderem Holz geschnitzt, sagte Bruno im Gemeinderat, und alle nickten. Ein Symbol, ein Symbol brauchen wir, der Mensch verlangt nach Symbolen, sie tragen ihn aus dem Alltag hinaus. Der Baum ist Symbol für Beständigkeit, für Erneuerung, für Wachstum, für Überleben, für unsere Vielfalt. Andere haben Architektur, wir haben Bäume. Gebt mir Bäume, und ihr kennt eure Stadt nicht mehr. Brunos Furor griff. Der Baum wurde zum Totem der Stadt erhoben, der umliegende Wald zum Vorort der Stadt. Die Häuser verschwanden hinter Bäumen, Kreitzberg ist, jeder Versuch schlägt fehl, nicht zu beschreiben, man sieht es kaum, Kastanien und Platanen hatten die Stadt übernommen. Hinter jedem Baum stand eine Bürgerinitiative zu seinem Schutz, Vereine kümmerten sich um das Pflanzen neuer Bäume, neue Initiativen betrieben die Zusammenlegung von Initiativen und Vereinen. Hinter Bäumen ließen sich die Ruinen und verdorrten Projekte gut verstecken. Noch eine Kastanienallee und dort noch zehn Platanen. Und Palmen, Brunos Lieblingsbaum. Die Palme war Brunos kosmopolitischer Kratzer in seiner Heimatseele. Die Eiche, Bürgermeister, die Eiche müsste dein Lieblingsbaum sein, oder der Ahorn, aber Bruno ließ nicht ab von seinen Palmen. Er räumte die Innenstadt voll damit. In großen ungeschlachten Holztrögen wurden sie im Frühsommer herangekarrt, südliches Flair sollte in die Stadt, winters wurden sie wegen des neblig-kalten Klimas, es hätte sie umgebracht, in warme Lagerhallen verräumt. Mit seinen Palmen wird er die Besucher weglocken, weg in wärmere Gefilde. Doch Bruno blieb unerbittlich. Überall standen die Holztröge mit den Palmen, zu den Palmen gesellten sich Plastikbecher, halbe Wurstsemmeln, Zuckerpapier, Gekotztes, Zigarettenkippen, Bierflaschen. Palmesels Stilgrube nannte ein Besucher die Tröge. Wir sind eben Avantgarde, sagte Bruno, nächstes Jahr brauchen wir ein paar Palmen mehr.

Das besinnliche Besäufnis der Weihnachtsfeier im Rathaus brachte alles durcheinander, vielmehr auf die Geleise, auf denen alles lief, aber niemand wahrhaben wollte. Der eine Stadtrat beschimpfte den andern als korruptes Vogelgesicht, der andere den nächsten als kaputtes Kanalrohr, es war eine ungewöhnliche Beschimpfung, zeugt vom Fantasiereichtum der beteiligten Personen, der nächste hieß den andern einen Arschbläser, der wiederum den neben ihm sitzenden Stadtratskollegen einen windigen Beutel, der sein Fähnchen nach dem Wind drehe, der wiederum die für Gesundheit zuständige Stadtratskollegin eine aufgescheuchte Pesttarantel.

Nächsten Tag grüßten sich wieder alle und meinten, dass es eine schöne Feier gewesen sei, auch wenn man sich nicht genau erinnern könne.

Wenn das Bürgermeisterpaar durch die Stadt ging, mit dem überlegenen Blick derer, denen alles gehört, hörte das Gehen bald auf und wurde ein würdiges Stolzieren. Der Storch und die Störchin, sagte das Fußvolk, das abgestoßen war und gleichzeitig bewunderte.

Die Europäische Föderation für kolorektalen Krebs hielt ihren Kongress in Kreitzberg ab. Schon die ankündigenden Plakate ließen nicht offen, worum es bei diesem Kongress ging. Überall reckten sich Hinterteile ins Volk, das darüber lachte, dumme Witze machte über Kreitzbergs Afterfunktion, überall wurde auf die Notwendigkeit von Vorsorge hingewiesen. Vorsorge ab zehn Jahren sei ideal. Bruno sollte den Kongress eröffnen. Muss ich programmatisch sein, ließ er anfragen. Wie es dem Herrn Bürgermeister beliebt, kam als Antwort. So kam es, dass der Kongress mit einer Rede über Kreitzbergs Blumenpracht eröffnet wurde, mit dem kleinen Seitenthema Öffnung der Blüten. So geschickt konnte Bruno ihm Unliebsames umgehen.

Ein Dichter fuhr jedes Jahr im Herbst mit dem Boot rund um den Würzelsee, bot sich an, die Gärten zu säubern und einzuwintern, im Frühjahr zu pflanzen und zu schneiden, im Sommer das Unkraut zu jäten und zu gießen. Der Dichter wohnte auf einem Wohnboot. Das ist meine Insel, pflegte er zu sagen, ich kann nur auf einer Insel leben, das Geschmeiß in Wohnblöcken ist mir zuwider. Einfrieren im Winter nahm er in Kauf. Bruno brachte ihm einmal warme Suppe, um seine Verbundenheit mit den Künsten klar zu stellen.

Ein Stromer umkreiste die Stadt, läutete an so manchem Haus an der Peripherie, um sich Essen zu erschnorren, übertölpelte so manchen milden Pfarrer, um zu etwas Barem zu kommen, wollte aber nie ins Zentrum der Stadt, nicht einmal in die Vororte, wo schon die Häuser dichter standen als in dem ihm vertrauten Umland. So lange der Bruno dort Bürgermeister ist, geh ich nicht rein in die Stadt, ich bin mit ihm in der Schule gewesen, ich weiß, wie der ist, ich stromere lieber.

Ans Kreuz mit ihm, schrie Bruno.
Der langsame Sekretär schreckte auf aus seinem Dämmer. Kreuz, Kreuz, ans Kreuz, wer? Wo ist ein Kreuz?
Ans Kreuz, schrie Bruno wieder, heftet mir den Kerl ans Kreuz.

Der langsame Sekretär glotzte. Wen, Herr Bürgermeister, meinen Sie? Wen sollen wir ans Kreuz heften?

Den Schmierfink, der heute geschrieben hat, Kreitzberg ist eine Neuruinenstadt. Lesen Sie keine Zeitung? Mein Sekretär liest keine Zeitung. Da steht es, schwarz auf weiß, hören Sie zu wenigstens, wenn Sie schon nicht lesen. Überall gilt, ich bin die Stadt und die Welt ist dahinter, nur bei uns ist sie davor. Wie eine Mauer, über die man nicht drüberschauen kann. Es ist zwar viel passiert, aber nichts geschehen in unserer Stadt. Stolpern über Grundsteine, die liegen geblieben sind, Neuruinen, wohin man schaut. Und über all den Ruinen thront der hurtige Stümper, der im Finsteren nach Gold gräbt. Und in die Scheiße tappt. Unser Bürgermeister. Nun hören Sie sich das an. Und das, das haben Sie nicht gelesen? Oder wollen Sie das nicht gelesen haben?

Doch, doch, hab ich gelesen, Herr Bürgermeister. Neuruinenstadt ist doch nicht so schlimm.

Nicht schlimm, sagen Sie, nicht schlimm? Und Gold und Scheiße? Nicht schlimm? Und Stümper? Auch nicht schlimm? Was ist dann schlimm?

Der langsame Sekretär wusste nicht aus und ein. Soll ich ein Kreuz...?

Was überlegen Sie da, schrie Bruno, gehen Sie hin und hauen Sie dem Kerl ein paar Ohrfeigen herunter, oder gehen Sie mit ihm arschtritthaft um.

Ich, Herr Bürgermeister, ich, ich soll jemanden schlagen und treten?

Ja, Sie, Sie. Wer sonst? Ich vielleicht?

Nein, nein, Sie natürlich nicht. Der langsame Sekretär nahm sich ein Herz. Obwohl Sie ja der Beleidigte sind, nicht ich.

Das waren des Sekretärs letzte Worte als Berater und Sekretär. Er sitzt jetzt in einer kleinen Kammer, die nur ein Fenster nach Norden hat und überprüft abgepacktes Papier auf seine Vollständigkeit. Und Bruno träumt von den Zeiten, als man unliebsamen Personen kurz und bündig die Seidene Schnur schickte.

Bruno hatte einen Hund. Der Hund hörte auf Hund Bruno. Ging nun Bruno mit Hund Bruno spazieren, brachen Turbulenzen aus. Bruno wusste nie, mit wem die Leute sprechen, mit ihm, Bruno, oder mit Hund Bruno. Manche riefen den Hund, schauten dabei aber Bruno an. Wieder andere grüßten Bruno, schauten aber auf den Hund. Hund Bruno.
Hund Bruno endete im Tierasyl.

Was bin ich doch für ein Schelm, sagte Bruno ein ums andere Mal, zufrieden auf seinem Bürgermeistertisch lümmelnd, was bin ich doch für ein Schelm. Und Dr. Hirsch pflichtete sofort bei: Was sind Sie doch für ein Schelm, Herr Bürgermeister.
Wie immer hatte Dr. Hirsch keine Ahnung, warum der Bürgermeister etwas von sich gab. Die Erklärung würde schon noch kommen, und wenn nicht, so würde es gute Gründe geben dafür. Groß waren die Worte in jedem Fall. Auch wenn er sie nicht verstand, sie mit nichts in Zusammenhang bringen konnte. Aber das war egal, er musste nicht wissen, er musste nur zustimmen. Er wusste, was er seinem Herrn schuldig ist, vergaß nie, wem er sich und sein Einkommen verdankt. Der Hirsch wohnt in der Arschfalte des Bürgermeisters, sagte das Volk.

Der Faschingsprinz wollte den Schlüssel zum Rathaus nicht mehr zurückgeben, er belegte die Amtsräume des Bürgermeisters und ließ sich nicht verdrängen, tagelang. Kein Zureden half, kein freundliches Angebot. Schließlich brauchte es sechs Polizisten, die Misere zu beenden. Bruno ist wieder in seinem Büro, der Faschingsprinz noch immer in der Psychiatrie. Er diktiert Briefe und brüllt Ich bin der Bürgermeister.

Am 12. Juni, Tag der gescheiten Ansprache, für öffentliches Reden und Anreden wie auch für den privaten Umgang gemeint, sollte ein Professor der Humanologie von einer deutschen Universität die Festansprache halten. Der Begrüßungsschnaps wurde zwei Schnäpse, danach kostete man sich noch durch die restliche Schnapsgalerie.

Es ist egal, es ist egal, es ist total egal, was Sie reden. Reden Sie, was Sie wollen, es hört Ihnen ja doch niemand zu. Ich weiß das. Und wie. Von wegen gescheite Ansprache. Die Welt wird voll gedröhnt mit Blödsinn, Tag und Nacht, gestern und morgen. Übermorgen auch. Lassen Sie sich nichts vormachen. Schon gar nicht von mir. Ich rede auch nur Blödsinn. Ich habe ihn kultiviert. Und Ihr Bürgermeister, verehrte Zuhörer, redet auch nur Blödsinn. Er hat ihn nur nicht kultiviert. Ich weiß das. Ich habe gerade geredet mit ihm. Wo ist er? Wo ist er auf einmal? Ich werde ihn suchen.

Und der Professor verschwand, hinein in die Schnapsgalerie, da fand er Bruno wieder, und die beiden redeten noch lange mit- und gegeneinander.

Eine Assistentin des Büroleiters wurde gesucht. Achtunddreißig Bewerbungen. Lange Eignungstests. Endlich war die Assistentin gefunden. Fachlich bestens beschlagen, blitzgescheit, gewandt, geschliffen im Ausdruck, voller Pickel, Lederbrüste, Kniescheiben wie Krautköpfe. Dr. Hirsch, per Objektivierung in seine Position gelangt, objektivierte nun selbst. Er erinnerte sich noch daran, wenn auch nicht gern, und lehnte die Gekürte ab. Wichtiges sei vergessen worden. Dr. Sigismund Hirsch, der Büroleiter, verlangte Fotos von allen Bewerberinnen um den Platz in seiner Nähe, Kopf und ganz. Seine Wahl fiel schnell.

Herr Doktor, die von Ihnen Ausgewählte hat den elendsten Test von allen. Sie weiß nichts, sie muss ihr Diplom bei einem Preisausschreiben oder in der Lotterie gewonnen haben, sie sitzt stumm da, wenn sie etwas gefragt wird, sie ist eine fachliche Katastrophe. Diese Wahl kann nicht Ihr Ernst sein.

Schauen Sie sich die Fotos an, sagte der Dr. Hirsch

Wir sind ein Amt. Wir sind für unsere Bürger da, Herr Doktor. Wir brauchen jemanden, der oder die sattelfest ist in allerlei Belangen, der oder die mit den Leuten reden kann.

Was über Fachliches gedacht und geschrieben wird, was mit den Leuten geredet wird und was diese Leute darüber denken, ist mir egal. Wen ich ficke, nicht.

So souverän ging der Dr. Hirsch mit seiner Umwelt um. Eine Sau, sagten die Mitarbeiter. Ein Lebenskünstler, sagte der Volksmund, er versteht zu leben.

Doch Dr. Hirsch war sich seiner zu sicher und daher zu weit gegangen. Er hatte den Bogen überspannt. Der Schwiegervater haute ihm eine herunter, Ohrfeigen waren, wir vermuten es schon, gängige Form der Mitteilung in Kreitzberg, und seine Frau jagte ihn zum Teufel. Jetzt war er kein Schwiegersohn mehr. Und musste sich um einen neuen Job umsehen. Wegen lausiger Englischkenntnisse ist er nur schwer vermittelbar.

In seiner Verzweiflung nach der missglückten Thermensache fuhr der Bürgermeister mit dem Zug ziellos durchs Land, kreuz und quer. Nur raus aus der Stadt, weg von ihr. Nein, dass mir die Therme nicht vergönnt ist, die Therme, was habe ich dir angetan, lieber Blasius, dass du mich so prüfest? Und dann wieder stille Depression mit stillem Suff.

Johanna Wurm aus dem nicht gerade vornehmen Stadtteil St. Urban hatte ein gutes Hinterteil. Bruno konnte nicht widerstehen. Eines Tages, in Laune in einem Festzelt, griff er hin. Anton Wurm, Johannas Gatten, kam es zu Ohren. Ein hantiger Bursche, der Anton Wurm. Wäre er Pfarrer geworden, hätte Kreitzberg seinen Don Camillo gehabt. Doch seelsorgerische Arbeit war Anton Wurms Sache nicht. Er kroch von der Couch, frisierte sein gut geöltes Haar und machte sich auf den Weg ins Rathaus. Ich muss den Bürgermeister sprechen, sofort, das geht jetzt nicht, der Herr Bürgermeister meditiert gerade, das geht schon, ich pfeif drauf was er tut, und schon stand Anton Wurm in Brunos Büro, ging schnurstracks auf Bruno zu und haute ihm drei Ohrfeigen herunter.

Denk über den Arsch meiner Frau, was du willst, aber behandle ihn, wie ich will. Hast du kapiert, Bruno?

Bruno hatte kapiert. Er bot Anton Wurm ein Bier an und lud ihn ein, mit ihm die letzte Viertelstunde des Fußballspiels im Fernsehen anzuschauen. Ein paar Brote gab es auch, die beiden Herren verabschiedeten sich freundschaftlich. Bruno strich sich noch ein paar Mal übers Gesicht, dann hatte er die Ohrfeigen vergessen. Hauptsache, niemand hatte was gesehen. Außer eben ihm selbst und Anton Wurm. Aber den hatte er zu Schweigen verpflichtet. Man muss nur wissen, wie man Menschen behandelt.

Die Gasthäuser der Stadt waren das, was man Gasthäusern in Witzblättern nachsagt: schlecht und teuer, nein, schlecht, aber teuer. Und das unsichtbare Schild: Sonntags nie. Verdreckte Küchen und Köche gehörten zur Standardausrüstung. Salmonellen auch. Und als eine Hundertschaft von Touristen eines schönen Tages mit Salmonellenvergiftung darniederlag, wurde nicht etwa die Parole ausgegeben, auf die Sauberkeit der Küchen zu achten in Hinkunft, nein, es wurde verlangt, im Interesse der Stadt, versteht sich, die Salmonellen zu beschweigen und jeden als Schmutzfink hinzustellen, der Licht in die Sache bringen wollte. Wegschweigen. Das aber wollten die Betroffenen nicht hinnehmen. So sehr sie auch beschworen wurden, von, wie es hieß, Schritten abzusehen, man werde sich schon irgendwie einigen, man werde Schaden ersetzen, sie gingen zu Gericht und zu den Medien. Der Dreck der Küchen wurde öffentlich. Die Küchen wurden gläsern.

Der Bürgermeister nahm sich vor, Rede und Antwort zu stehen. Ich muss mich am Riemen reißen, sagte er, denn heraus aus meiner Erdenzeit wächst die Ewigkeit. Ich werde Rechenschaft legen müssen. Überhaupt begann er zu vernünfteln. Das war neu, aber nicht ergiebig.

Im Amtsblatt ließ Bruno bekannt geben: Ich will bei meinem Volk sitzen. In Hinkunft werde ich keinen gesonderten, abgeschirmten Platz für mich beanspruchen, weder im Theater, im Konzerthaus, bei der Messeeröffnung noch im Stadion, in der Kirche oder sonst wo. Ich will bei meinem Volk sitzen.

Bruno sitzt mittlerweile wieder im VIP-Stuhl. Die zufälligen Schläge auf Kopf und Schultern, das viele Bier im Rücken im Stadion. In der Kirche noch hält er seinen Volkssitz.

Dem Polizisten entfuhr ein Furz, der seine Amtshandlung beeinflusste. Der vermeintliche Delinquent bekam einen derartigen Lachanfall, nicht zu bremsen, es war heiß, drückend heiß, das Lachen war nicht zu stoppen, die Anstrengung trieb ins Gesicht, puterrot war die Birne längst, und schlagartig kippte der Mann um. Der Notarzt hatte nichts mehr zu tun. Der Polizistenfurz hatte sein Opfer. Per Furz füsiliert.

Als der Bürgermeister von diesem Meisterfurz hörte, bat er den Polizisten zu sich. Das alles wolle er genau hören. So etwas sei doch eine prächtige Waffe gegen Gegner, dachte der Bürgermeister. Und er wollte über richtigen Zeitpunkt, richtige Lautstärke, Tonlänge und Tonhöhe alles wissen. Er werde sich dafür mit einem Orden revanchieren, ließ der Bürgermeister den Polizisten wissen.

Im Strandbad verbrannten sich Menschen an den brennheißen neuen Badehütten aus Blech. Man plante weiter. Kinderwägen steckten in klemmenden Drehkreuzen, Nägel standen aus den Holzplanken. Plärrende Kinder, verzweifelte Mütter, überlastete Sanitäter. Und im Restaurant servierte man mit den Speisen gleich auch die Salmonellen. Noch immer.

Regen Sie sich nicht so auf, Sie erschüttern sich zu sehr. Das waren Brunos gelassene Wort für eine aufgeregte Mutter. Die trat gegen sein Schienbein. Bruno lässt sich nicht mehr blicken an Katastrophenplätzen, die überlässt er seinem zuständigen Stadtrat. Sie wissen, meine sensible Veranlagung, gibt er zu bedenken.

Noch so intrigant, noch so korrupt, noch so faul, noch so ignorant, seine Freunde ließ Bruno nie im Stich. Und die wiederum zahlten zurück mit eiserner Treue und lobten seine Standfestigkeit und seinen Weitblick.

Er ist etwas Kleines und etwas Großes zugleich, sagten Brunos Gegner, er ist eine kleine Null, aber unter den kleinen Nullen ein großes Arschloch.

Große Persönlichkeiten haben immer zwei Seiten, es kommt nur darauf an, von welcher man sie zu sehen bekommt, oder zu sehen beliebt, sagte der dicke Sekretär.

Der Bürgermeister lümmelte in einer Chaiselongue unter Palmen in seinem Garten. Täglich besuchte er jede einzelne Palme, strich über Stamm und Blätter und freute sich über das Gedeihen seiner Lieblinge. Die Pflege dieser Bäume überließ er niemandem außer sich selbst. Und dann legte er sich nachmittags unter seine Palmen und träumte den alten Südseetraum. Ein Romantiker. Ein Genießer. Könnte ich mein Leben noch einmal leben, würde ich mit vier Jahren mit der Aufzucht von Palmen anfangen, nein, dann möchte ich eine Palme sein, ein Leben als Palme. Und jetzt saß er da unter seinen Palmen und wartete auf die Gäste, die zum Gartenfest geladen waren. Handverlesene Gäste, Krethi und Plethi hatten nichts verloren unter Palmen. Man musste schon was bedeuten, was sein, wollte man eingeladen werden. Musste eine Rolle spielen im Leben der Stadt. Wenn auch nur für fünf Minuten, denn die Hauptrolle sollte dem Bürgermeister bleiben. Alle hielten sich daran, Baumeister, Ärzte, Geschäftsleute, Schirennfahrer, Rechtsanwälte, Barmixer, Fabrikanten, Schauspieler, Fußballer, Richter, Banker, selbst Kabarettisten und lockere Sänger. Alles dürft ihr, alles, nur nicht meine Palmen anpinkeln.

Das Gartenfest ging bis in den Morgen. Die Bürgermeisterin ging charmant auf jeden Gast ein, umsorgte die Gäste. Die Gäste, wissend um ihre Sonderstellung in der Kreitzberger Gesellschaft, gingen in gepflegt-gestochenem Ton miteinander um, zu Beginn des Festes jedenfalls, nach einer Stunde und etlichen leeren Flaschen entwichen aber schon gelockertere Töne den gespülten Kehlen. Der Ton wurde laut, das Gelächter dröhnend, Distanzen schmolzen dahin. Der Bürgermeister lächelte seiner Frau mit glasigen Augen zu und sagte nur Kreitzberg schön, Kreitzberg gut, Kreitzberg schön, Kreitzberg gut. Der dicke, kleine Sekretär turnte über die Tische. Er wusste, dass sein Chef gerne Affenspieler um sich hatte, um selbst würdevoll zu erscheinen. Der andere Sekretär schlief auf der Wiese. Der Bürgermeister fiel so oft vom Sessel, bis er sich das Steißbein geprellt hatte und kaum gehen konnte, was er ohnehin nicht mehr gekonnt hätte, weder mit noch ohne Würde, aber so konnte er auch morgen nicht. Verzichten wir auf weitere Einzelheiten dieser Gartennacht, um die Gesellschaft nicht bloßzustellen: Gegen den Morgen zu war da keine Palme mehr, an die nicht gepinkelt wurde, keine Flasche, die nicht leer war, kein Gast, der sich nicht wiederholt hatte aufrappeln müssen. Um sechs Uhr morgens war Brunos Garten nicht wiederzuerkennen. Kreitzbergs erlesenste Bürger wurden nach Hause verfrachtet. Das war mein letztes Gartenfest, sagte Bruno, nächstes Jahr lade ich ins Rathaus.

Bruno wurde nicht müde, auf sich hinzuweisen. Das ist nicht Eitelkeit, das ist meine Energie. Ein Jahr Bürgermeister Bruno, zwei Jahre Bürgermeister Bruno, drei Jahre Bürgermeister Bruno, jedes Jahr am Tag seiner Amtsein-

setzung, dieses Wort wurde tatsächlich gebraucht, gab es ein Fest des Gedenkens. So stand es geschrieben, Fest des Gedenkens, auch tatsächlich. Die Bevölkerung war eingeladen, zumindest der Teil, der Bruno hold war. Da sich ein großer Teil der Bevölkerung bemühte, Bruno hold zu sein, gab es große Gedenkfeiern. Das Volk trat auf, tanzte und trank, und trat wieder ab. Die nennen das Fest, das sind Exerzitien in Beklemmung für Menschengerümpel, sagte Hans Benda, holte sich unbemerkt ein Paar Flaschen Wein vom Festtisch und trank sie mit Freunden, weit weg. Nach dem Fest war wieder Ebbe in der Stadtkasse. Und was nach danach kam, wissen wir schon.
Bruno überlegte, das Fest des Gedenkens durch ein Fest der Bürger zu ersetzen. Der Bürger ist mündig, der Bürger soll sich äußern. Motto: Wie war es – Wie ist es – Wie könnte es gewesen sein. Um einen Rahmen zu finden, wurde die Bevölkerung gebeten, eigentlich mehr aufgerufen, Themen vorzuschlagen, auch anonym, wer sich nicht in die Auslage stellen will, seid kritisch, Leute, sagt eure Meinung grad heraus, lobet, was zu loben ist, tadelt, was zu tadeln ist. Und siehe, das Volk war interessiert, da kamen Zuschriften zuhauf. Bruno und sein Stab sichteten Brief um Brief, Karte um Karte. Es blieb beim Fest des Gedenkens.
Hans Benda wollte sich in Erinnerung bringen. Also legte er den weit herausgestreckten steinernen Löwenzungen des Konrad-Brunnens ein dunkles Rot auf. Das Volk ging rote Zungen schauen. Der Benda schon wieder. So eine Scheußlichkeit, so eine Verunzierung, sagte die Bürgermeisterin, an diesem Brunnen hat mein Urgroßvater mitgearbeitet, ich muss schon sehr bitten. Anderntags waren die Löwenzungen blitzblank. Und Hans Benda war erst recht vergessen.

Im Jahr darauf stellte sich Hans Benda zuoberst auf den Konrad-Brunnen und las ein ums andere Mal, so lange halt, bis ihn die Polizei herunterholte, aus Gogols Toten Seelen vor: Ich kenne sie alle: das sind alles Gauner; diese ganze Stadt da ist so. Da sitzt ein Gauner auf dem andern und geht auch noch auf Gaunerjagd, lauter Judasse. Da gibt es nur einen einzigen anständigen Menschen: den Staatsanwalt, aber der ist, ehrlich gesagt, auch ein Schwein.

Es half Benda nichts, dass nicht er es war, sondern Gogol, der da sprach, und es half auch nichts, dass Gogol Kreitzberg bestimmt nicht gekannt hat. Benda, in Resten noch in den Köpfen, wurde nun in den allerletzten Winkel der Vergessenheit abgeschoben, er war nicht mehr da.

Wo sind die Menschen, die Kreitzberg bevölkern und am Laufen halten? Sie sind so unscheinbar, sie spielen noch immer keine Rolle. Kreitzberg läuft nicht, es schleppt sich, die Menschen schleppen sich. Das kann doch nicht sein. Kreitzberg ist doch da. Und lebt. Was ist mit den Menschen? Ganz einfach, sie sind diskret. Sie verheimlichen sich, stecken nicht den Kopf in die Luft. Sie halten sich zurück, sie haben sich ja einen gewählt, der für sie auffällt, den Kopf raussteckt, da müssen sie es selber nicht tun, der eine vertritt sie alle. Es ist alles geregelt, da muss man nicht eingreifen. Doch wenn es wo laut wird oder gesungen wird, dort laufen sie hin. Und dann schauen sie. Und dann trinken sie. Und dann singen sie mit und werden auch laut. Und dann sagen sie, dass das ein tolles Fest war. Und der Bürgermeister sagt, dass er glücklich ist, ein so fröhliches Völkchen verwalten zu dürfen. Und dann fällt er um. Und alle fallen mit.

Tag der offenen Tür im Kreitzberger Rathaus. Der Bürger wird empfangen im Käfig. Leutseligkeit schlägt ihm ins Gesicht, bis er verbeult ist zum Erbarmen. Des Bürgers Anbetungstrieb hat ihn sein Gesicht gekostet. Das Übliche halt.

Sind der Bürgermeister und die Stadträte immer so eingesperrt wie in einem Zoo, fragte ein Mädchen, die müsste man befreien. Das sind teure Tiere, mein Kind, sagte die Mutter, die darf man nicht befreien.

Dieser Dialog ist mehr, als sonst von diesen Tagen der offenen Türen hängen bleibt.

Eines Tages wachte Bruno auf und spürte, wie aus dem Nichts kommend, sein soziales Herz schlagen. Die Senioren der Stadt, sie sind unwürdig untergebracht, sagte sich Bruno, inmitten des Stadttrubels müssen sie ihre letzten Zeiten zubringen, sie brauchen Ruhe, unser Seniorenheim muss verlegt werden. Und weil Bruno schnellstens sagte, passierte es auch tatsächlich schnellstens. Der Beschluss dafür wurde nach unüblich kurzer Zeit gefasst, im Gemeinderat dachten wohl etliche daran, dass auch ihre Seniorenzeit kommen würde, da müsse man doch ein wenig vorsorgen.

Nach zweijähriger Bauzeit wurde das neue Seniorenheim eröffnet, eingeweiht, bevölkert, ein schmuckloser, doch heller, geräumiger Bau in einem stadtnahen Waldstück, Ruhe um und um. Die Senioren, eben umgesiedelt, freuten sich. Ihnen zuliebe hat man sich so angestrengt. Und sie nahmen Besitz von ihrem neuen Heim.

Doch es kam, wie es immer kommt, wenn viele Menschen an einem Ort zusammen sind. Bald begannen einige zu murren, dass man hier draußen im Wald keinen Kontakt zur Welt habe, abgeschnitten sei, versteckt geradezu, als ob man sich seiner Alten schämte. Allgemeines Nicken der Zustimmung. Alle groß geworden in der Welt der Katastrophen und des Gerangels, fanden sie die nie unterbrochene Ruhe und Stille bald bedrückend, und die paar, die die Ruhe genossen, wurden nicht gefragt. Die Stillen hatten auch hier keine Stimme. Die am besten mit Katastrophen Vertrauten begannen Ausflüge zu organisieren, zumeist waren es gemeinsame Spaziergänge zur Autobahn, wo man sich am Geländer einer Überführung aufreihte und auf Unfälle wartete. Geschah nach Tagen des Wartens endlich einer, gab es großes Hallo und Geschrei wie nach einem Tor am Fußballplatz und am Heimgang war man in aufgeräumter Stimmung und das Abendessen schmeckte.

Nach dem zwölften gemeinsam erlebten Unfall, dabei manch grässlicher, reiner Blechschaden war nicht nach dem Geschmack der Senioren, es sollte schon auch Blut geben, aber nach dem zwölften Unfall war die größte Spannung vorbei. Aber man hatte doch sich, und man hatte vor allem die anderen. Da war doch Potential für Katastrophen, in jedem Menschen steckt es. Jeder ist Auslöser und Opfer gleichermaßen. Die Senioren, die Eintönigkeit ihres Waldstücks immer mehr verfluchend, wurden zänkisch, schubsten sich, benützten ihre Stöcke, um andere zu Fall zu bringen, am besten die Stiege hinunter, prügelten sich wegen jeder Kleinigkeit, manche besorgten sich Schlagringe, bewarfen sich mit allem, was ihnen in die Hände kam, selbst mit Essen. Besonders gefährdet waren wehrlose Rollstuhlfahrer, sie hatten viel zu erdulden. Das Personal war überfordert, geriet oft selbst in so manche Rauferei, denn kaum wollte es einen Streit schlichten, vergaßen die Senioren ihren Streit und fielen gemeinsam über ihre Pfleger her. Nach einer besonders heftigen Keilerei mit etlichen Verletzten zertrümmerten die noch nicht abgekämpften Senioren die Einrichtung des Heimes und legten in der Küche einen Brand, der erst nach drei Stunden gelöscht war.

Die Zustände waren untragbar geworden. Bruno kam es zu Ohren. Zurück mit diesem Gesindel in die alte Bude, schrie er. Und alle sahen ein, dass Bruno das Rechte gesagt hatte. Heute ist das Seniorenheim, ursprünglich Senioren-Residenz zur heiligen Ruhe genannt, ein Tierheim, die Senioren sind in ihrem alten Quartier mitten in der Stadt und wieder friedlich, nur ein paar extreme Feindschaften gehen weiter. Und Bruno hat sein soziales Herz tief vergraben. Das passiert mir nicht wieder, sagte er im Gemeinderat.

Zum Fest in Weiß am Würzelsee erschien der Bürgermeister in einem blütenweißen Anzug, eher Aufzug, seine Gattin umschlungen von weißen Tüchern. Es gab Erlesenes zu trinken. Es begann zu regnen. Man denke, Fest in Weiß. Ich überlasse es dem Leser, sich den Abend selbst auszumalen. So viel nur, Dreck, Hundescheiße, Pfützen, ein Spielhoserl und ein Netzleibchen, dazu eine Matrosenmütze, die Bänder vorn herunterhängend, die Augen bedeckend, all das soll eine Rolle gespielt haben. Das Fest in Weiß durfte in Brunos Gegenwart nicht mehr erwähnt werden. Aber alle wussten, was gemeint war, wenn jemand die Frage stellte: Haben Sie den Bürgermeister gesehen?

Der Vizebürgermeister, der eine nämlich, vom anderen wusste man nichts, der war nur klein und ruhig, allgemein der Genosse im Abseits genannt, der eine also brüllte in buchstabierendem Stakkato Parolen der Vergangenheit ins Volk und verlor alle sechs Monate seinen Führerschein wegen Besoffenheit am Steuer. (Schon wieder ein Betrunkener. So war es eben in Kreitzberg, es wurde viel getrunken, ein Asket hätte nie populär werden können. Nur wer abends in großer Runde sein Bier in sich hinein schwemmte, dem traute man, und dem traute man etwas zu. Man wollte sich selber sehen in den Obertanen, keinen anderen. Und durch das viele Bier waren viele Fürze in der Stadt, das ist so in Biergemeinden, Bier und Fürze sind die einzigen Produkte, die nie ausgehen, da muss man nicht weiter darüber reden.) Schließlich war er nicht mehr zu halten, der andere Vize wurde immer größer und weniger ruhig angesichts der Verfehlungen des einen. Aber der Bürgermeister hätschelte den betrunkenen Vize, seinen Bruder im Geist lässt man nicht fallen, und verzuckerte ihm den Abgang aus der Politik mit Vorschüssen aus der Pensionskassa. Und zum Buchstabieren der martialischen Parolen der Vergangenheit sagte er nur, dass man doch wohl noch ein wenig fantasieren werde dürfen. Es werde eh nichts so heiß gegessen wie gekocht. Der Bürgermeister hatte immer einen Volksspruch auf den Lippen, um das Geschehen rund um ihn und in der Stadt zu kommentieren. Der Spruch passte nicht immer, ja oft ging er total daneben, besonders nach dem sechsten Bier, aber das störte niemanden, am wenigsten den Bürgermeister selber, und die anderen waren an Fehltritte des Stadthäuptlings gewöhnt. Sie lachten nicht einmal mehr, wenn er danebenhaute.

Dem sicheren Leben nicht an die Gurgel fahren. Es könnte sich erschrecken. Und dann selber zum Schrecken werden. Das Volk von Kreitzberg dachte sich sein Teil, dachte aber nicht daran, sein Denken wach werden zu lassen. Wurde es ihm gar zu bunt, entschloss es sich zu einem Raunen. Es raunte durch die Stadt. Aber man weiß ja, wie das ist mit dem Raunen. Die, denen es gilt, hören es gar nicht, und was nicht gehört wird, schläft bald ein. Es war nichts zu befürchten.

Der Bürgermeister ist nicht nur der Meister seiner Bürger, er hat auch der Meisterbürger zu sein, so sann der Bürgermeister vor sich hin. Zufrieden, so tief gedacht zu haben, gestattete sich der Bürgermeister ein Bier. Während er trank, brütete er weiter Gedanken aus. Der große Mensch ist auf Erden, um Bürgermeister zu werden. Eine höhere Entwicklung kann der Mensch nicht nehmen. Und der kleine Mensch ist auf Erden, um dem großen Menschen zu Willen zu sein. Eigentlich eine logische Welt, hie groß, da klein, und keiner ist dem andern im Weg. Und wenn der eine leidet, freut das den andern. Der Bürgermeister dachte, wie oft in seinem Leben er schon zu leiden hatte. Da war die Sache mit seiner Frau, die ihn Nerven kostete, nicht seiner Frau wegen, aber sein Ruf, seine Reputation, wie er zu sagen pflegte, waren in Gefahr. Dieses Luder, das mir Hörner aufsetzt. Weiß denn dieses Weib nicht, wie man sich als Gattin eines großen Mannes zu benehmen hat. Auch wenn der große Mann impotent wird, egal, groß bleibt groß, Weib bleibt Weib. Da war die Sache mit seinem Vorgänger, die ihm noch immer im Magen lag, die Jahre konnten nichts lindern. Sein Vorgänger, dieser charmante Kerl, so charmant, dass die jetzige Bürgermeisterin nicht widerstehen konnte, dem Charme auf die Schliche zu kommen. Dieser Kerl hat sich meine Bürgermeisterin zurechtgelegt. Was hat er mir angetan. Flach, flach gelegt. Und nicht bedacht, dass in Kreitzberg nichts geheim bleibt. Auch wenn das Ganze vielleicht wieder nur ein Gerücht war, die Jahre verwandelten es in eine noch immer die Stadt durcheilende Wahrheit. Und jetzt war der Gehörnte Bürgermeister. Sein Verhältnis zum Vorgänger blieb kühl.

Ein Schneesturm, der dreizehn Stunden tobte, legte die Stadt lahm und still. Erst noch hörte man die Schneepflüge, sie kämpften, gaben dann aber auf gegen die Schneemassen. Die Bürger saßen in ihren Wohnungen, ihr Meister raufte sich die Haare in seinem Büro. Was das wieder kosten wird, und kein Geld da. Kein Geld für so viel Winter, stöhnte der Bürgermeister und stöhnte wieder, kein Geld. Die Bürger werden selbst mithelfen müssen. Dann setzte sich der Bürgermeister vor seine eigene Homepage, las alles, als ob es neu wäre für ihn, und sagte sich, dass er, nach dem Gelesenen zu schließen, ein toller, ja ein ganz verflixter Kerl sei. Dann lief er in den Schnee hinaus und rief jedem der wenigen entgegenkommenden Bürger zu, sich eine Schneeschaufel zu besorgen und der Gemeinschaft zu helfen. Tatkraft ist das Gebot der Stunde, sagte er immer wieder, und zum Zeichen, wie ernst es ihm war, trug er eine kleine Plastikschaufel mit sich, die er alle fünfzig Meter in einen Schneehaufen stieß.

Der Bürgermeister leistete sich das, was sich alte Männer, die sich für bedeutend halten, leisten: eine Geliebte. Das braucht ein bedeutender Mann. Der Sexus treibt ihn nicht mehr dazu, aber sein Stand. Bedeutend sein und eine Geliebte haben, das, so hatte Bruno vernommen, hat zu sein. Auch wenn die Benützung nicht mehr garantiert war, man war eben nicht mehr der Jüngste, und das Amt verbrauchte eine Menge Energie. Die fehlte dann in ent-

scheidenden Situationen. Des Bürgermeisters Geliebte war robust, grobknochig, einen Dragoner nannte sie ihre Umgebung, aber sie gab sich hin dem bedeutenden Manne. Oder hätte sich doch hingegeben. Das allein zählte. Neben dem Ruf, dass die Manneskraft doch noch nicht aus dem Bürgermeisterkörper ausgezogen war. Der Bürgermeister fand eine Wohnung für die Geliebte in seiner Stadt, die knapp an Wohnungen war im Allgemeinen. Nicht im Besonderen, da gab es Wohnungen zuhauf. Die Geliebte wollte in den Dienst der Stadt. Nichts leichter als das. Und dann wollte die Geliebte auch noch für ständig bei der Stadt bleiben, unkündbar wollte sie werden, man konnte ja nicht wissen, wie lang der Bürgermeister noch Bürgermeister ist. Prüfungen mussten gemacht werden. Nichts leichter als das. Stand eine Prüfung an für die Geliebte, so war der Bürgermeister den ganzen Tag am Telefon, um mit Hilfe seiner Verbindungen zu Prüfern alle Schwierigkeiten aus dem Weg zu räumen. Sie sollte sehen, was für ein Tausendsassa und ganzer Kerl ihr Bruno ist. Wenigstens für einen Teil war die Liaison einträglich und vernünftig. Und die unvernünftigen biologischen Leidenschaften stillte ein anderer.
Ich habe genug von dem Trottel, sagte die Frau Bürgermeister. Das, was der tut, kann ich noch lang. Und ließ sich als Kandidatin aufstellen für die baldigen Wahlen zum Regionalparlament. Die jungen Mitkandidaten, die vor ihr auf der Liste waren, legte sie sich zurecht, und im Taumel des intimen Geflüsters unter vier Augen legte sie ihnen einen Platz nach ihr auf der Liste nahe. Rundheraus gesagt, wer kann schon widersprechen, wenn er gerade umschmeichelt ist und sich in den versprechenden Augen der Fragenden wiederfindet. Jajaja, war alles, was aus den Jünglingen strömte, bevor sie sich verströmten,

wenn auch vielleicht nur in Gedanken. Die Bürgermeisterin zog als Nummer eins in die Wahl.

Verachtung des Sports ist Teil der Allgemeinbildung in intellektuellen Zirkeln, brüllte Bruno, denen werden wir es zeigen. Wenn einer nicht taugt zum Fußballer, wird er Intellektueller, denen werden wir es zeigen. Wenn ich dieses Wort schon höre, Intellektueller. Wenn einer zu blöd ist für Eishockey, wird er Schriftsteller, denen werden wir es zeigen. Und diese gescheiten Journalisten, die den ganzen Tag auf mir herumtrampeln, denen werden wir nicht, denen müssen wir es zeigen, gleich, jetzt und dann immer.

Bruno fand mehr und mehr Meuchelgruppen und Einzeltäter, die ihm nach dem Leben trachteten, denen er es zeigen wollte, gleich, jetzt und dann immer. Gleich, jetzt und dann immer wurde zur stehenden Phrase, alltäglich gebetet. Kam Bruno morgens ins Rathaus, stand Dr. Hirsch an der Pforte und sagte: Guten Morgen, Herr Bürgermeister, gleich, jetzt und dann immer.

Richtig, der Dr. Hirsch ist wieder da. Nirgends erwünscht, ziemlich heruntergekommen schon, fiel er vor Gattin, Schwiegervater und Bruno auf die Knie und bat, das heißt, er winselte und heulte regelrecht um Verzeihung. Niemals wieder werde er und er wolle nur noch treuer Diener sein, zu Diensten allen immerdar. Nach Protokollierung seiner Aussagen wurde er wieder aufgenommen in Haus und Rathaus. Seine Assistentin ist fachlich bestens beschlagen, blitzgescheit, gewandt, geschliffen im Ausdruck.

Bruno kannte sich aus in der Welt. Er wusste, dass ein Bernhardiner nicht bellen muss, weil er ohnehin nicht zu übersehen ist, ein Dackel aber sehr wohl. Kreitzberg bewarb sich um Großveranstaltungen. Immer übersehen, aber jetzt wurde gebellt und gebellt, man wollte nicht mehr übersehen werden, was immer es war, Kreitzberg bewarb sich. Einmal würde man schon drankommen. Dr. Hirsch wurde, das ist zu Ihrer Bewährung, Hirsch, vorsorglich zum Cheforganisator für alle kommenden Großereignisse ernannt. Der sonnte sich in seiner neuen Würde, richtete sich ein schickes Büro ein und ließ verlautbaren, man müsse keine Angst haben, die Wiener Philharmoniker würden schon nicht mehr engagiert werden, man denke, wie schon immer, mehr in Richtung Sport.

Endlich, Jahre hatte es gedauert, war ein Großereignis in die Stadt gelockt. Bisher gab es nur Volleyball, nicht das richtige Volleyball, Volleyball in der Sandkiste. Eine Sandkiste konnte man sich leisten, auch Tribünen, eine Halle nicht. Sie war unter den geplanten Projekten. Jetzt aber war ein großer Fisch an Land gezogen, der größte der westlichen Kultur, Fußball. Ein internationales Fußballturnier, wenigstens Teile dieses Turniers. An die Rathausfront wurde ein Transparent gehängt: Wir glühen vor Freude. Und an den Seitentrakt noch eins. Wir glühen vor Freude. Und verglühen beim Zahlen, dichtete der Volksmund zu Ende. Alles Weitere übergehen wir, das ersehnte Ereignis wird erst in drei Jahren stattfinden, vorerst gibt es nur die Transparente, den Cheforganisator Dr. Sigismund Hirsch und eine Bestellung für berittene Polizei beim Innenministerium, Krawalle müssten mit Gewalt vermieden werden. Und ein Volksfest vorm Rathaus, unser Fest der Freude, sagte Bruno, unser Eintritt in die Welt, sie, die Hochnasige, kann uns nicht mehr übersehen, wir sind wer. Die Welt wird reden über uns. Sie wird sich einfinden bei uns. Feiert und freuet euch, liebe Mitbürger jeden Geschlechts. Und zu seinem Stab sagte Bruno, jetzt, wo das größtmögliche Kulturerlebnis gesichert ist für uns, können wir auf die anderen Kulturen verzichten, das Große ist der Untergang des Kleinen, die Kunst wird sich opfern müssen, zumindest ihr Geld, oder geht sie jemandem ab?

Und weil es so schön war, so dem Alltag entreißend, gibt es neuerdings des öfteren Volksfeste und Tandelmärkte vor dem Rathaus. Sein Eingang ist dann verrammelt, Schnapsbuden stehen davor, fast unzugänglich ist Kreitzbergs Machtzentrum, wie Bruno das alte Rathaus zu nennen sich angewöhnt hat, und morgens sieht man die Spuren der Bürgerentleerungen an seinen Mauern.

Alois Stirnig hatte die Idee gehabt. Kreitzbergs Leben müsste beschleunigt werden. Es könnte sonst mit dem Lauf der Welt nicht mithalten. Interessant, interessant, sagte Bruno, nachdem er Stirnigs Brief gelesen hatte, der Stirnig, oder wie der heißt, schreibt da was, wie man unsere Stadt in die Gänge bringen könnte, er schreibt auch was von einem Fisch, der beim Kopf zu stinken anfängt, ein bisschen unklar das Ganze, aber interessant. Laden Sie den Mann ein, er soll sich genauer erklären, sagte Bruno zu Dr. Hirsch.

Alois Stirnig zog sich einen Anzug an und ging in Richtung Rathaus. Am Weg dorthin wurde er zusammengeschlagen. Und konnte, keine Therapie half, nie mehr sprechen. Er konnte sich nicht mehr erklären. Kreitzbergs Tempo blieb das gewohnte. Kein Fisch stank.
Darf ich eintreten, meine Blüte? Bruno bangte.

Bleib draußen, Bürgermeister. Du kannst mich ja doch nicht mehr pflücken. Ich kann dein Gemächt schon lang nicht mehr finden.

Die Bürgermeistergattin sagte Gemächt. Sonst sagte sie Schwanz. Wenn es ihr ernst war, sagte sie Gemächt.

Du behandelst mich wie einen Idioten.

Denkst du, dass das falsch ist?

Nehmen wir an, es ist richtig. Wann bist du drauf gekommen, dass ich ein Idiot bin?

Das ist lang her. Die Kinder waren noch klein. Du hast Grimassen geschnitten für sie, hast die Zähne gebleckt, die Arme verrenkt, bist mit verzogenem Gesicht herum gesprungen wie ein tollwütiger Vampir und hast geschrien: Sie lachen nicht, sie lachen nicht. Und jetzt frage ich dich, warum soll ein Kind es lustig finden, wenn es sieht, dass sein Vater ein Trottel ist.

Damals hast du nichts gesagt.

Warum sollte ich? Wird ein Trottel weniger Trottel, wenn man ihm sagt, dass er einer ist?

Aber du bist bei mir geblieben.

Geschäftlich ja, innerlich nein.

Und so was habe ich angebetet und besungen. Ich habe gestrebt, um dich zu verwöhnen. Ich habe deiner Eitelkeit zu fressen gegeben, bis ich fast pleite war.

Und ich habe für dich Dekoration gespielt, bis ich nichts Eigenes mehr war. Du hast alles immer für dich getan, du Heuchler.

Ich bin dein Mann, ich darf ein Heuchler sein. Lass mich hinein. Zu Mutter kann ich heute nicht.

Ich weiß, die ist gerade zu Nachtschwestern eklig.

Red nicht so über Mutter. Sie ist eine Seele von einem Menschen.

Eine Seele mit Warzen.

Warzen? Dann hast du Beulen. Lass mich hinein. Ich bin dein Mann. Du bist meine Frau. Du bist doch wohl ausschließlich meine Frau?

Einschließlich auch.
Einschließlich was?
Einschließlich dein Geld. Steh nicht vor der Tür herum. Du langweilst mich.
Ich langweile alle. Das ist eine Gnade.
Da war selbst die Bürgermeisterin, die man um Antworten nicht betteln musste, wortlos. Und ging ins Bad.
Bruno ließ sich zu einem Hotel fahren. Wissen Sie, sagte er zum Chauffeur, im Hotel ist der beste Komfort, besser als zuhaus. Und dachte für sich, ich kann ja nicht immer die Feuerwehr losschicken wegen dieser Kuh.

Des Bürgermeisters Nächte wurden schlaflos. Der eine Jüngling, dessen Existenz als städtisches Standbild gelungen war und der kaum mehr beachtet wurde, könnte vielleicht doch nicht genug sein für die Unsterblichkeit. Nervosität wurde Alltag. Die großen Projekte. Ein neues Stadion musste her. Eine Großveranstaltung vor der Tür. Fußball, dafür reicht eine Sandkiste nicht. Ein Stadion, ein Königreich für ein Stadion, oder auch ein Pferd. Ein Stadion. Aber das Geld. Woher nehmen und nicht stehlen. Ein Stadion und Straßen, die hinführen. Und Parkplätze für die Besucher. Im Gemeinderat rauchten die Köpfe, der Bürgermeister dampfte, verschwitzt bis unter die Achseln. Oh Gott, ein Stadion. Der Plan einer Bittprozession, ausgeheckt nach wochenlangem Nachdenken vom langsamen Sekretär, in der Not aus seiner Kammer geholt, auch waren etliche nicht gar so rosige Neuigkeiten zu verkünden, wurde wieder fallen gelassen. Das ist zu unsicher, sagte der Bürgermeister, viel zu unsicher, ich habe schon Regenprozessionen erlebt in Zentralafrika, danach ist es noch heißer geworden. Des Bürgermeisters Argumente waren immer überzeugend. Wenn man ein Stadion baut, sagte der Bürgermeister scharfsinnig, muss die Finanzierung gesichert sein, das weiß ich, wozu schließlich habe ich Ökonomie und Finanzwissenschaft studiert, ich bin kein Laie. Gebt mir Geld und ich baue ein Stadion, das sich gewaschen hat. Wenn wir das Stadion nicht bauen, können wir auch alle andern Vorhaben vergessen, denn wenn wir das Stadion nicht finanzieren können, können wir nichts finanzieren. Aber das Stadion ist das wichtigste Vorhaben, ein Stadion ist das Fenster in die Welt im Zeitalter des Sports, wenn das Stadion nicht gebaut wird, ist die Blamage nicht abzuwenden, die Welt wird kichern über uns, die Konkurrenten, die auch die Großveranstaltung gern gehabt hätten, werden sich schadenfroh ins Fäustchen lachen, und wie steh ich da. Ich war ein Lieblingswort des Bürgermeisters, ich, in Ich war er verliebt. Er gebrauchte es unentwegt, auch dann, wenn es nicht passte. Ich werde jetzt zu meiner Frau gehen, pflegte er zu sagen, da sagten die andern nur, wir waren schon dort. Oder er sagte, ich werde eine neue Stadt bauen. Ich. Also sagte er, ich muss das Stadion bauen, alle andern Pläne werden dann wie von selbst ausgeführt werden. Ich, der Bürgermeister, werde bauen. Es wurde gebaut. Geplant natürlich zuerst. Sollte man so bauen, wie es der Größe der Stadt entsprach, nein, man musste bauen, wie es der Größe der Großveranstaltung entsprach, das musste sein, sonst hätte man die Großveranstaltung wieder verloren, und dann zurückbauen auf das eigentliche Stadtmaß. Man baute also groß. Schulden, ach was Schulden, sagte Bruno, wir bauen ein Denkmal für die Stadt, da darf man nicht klein denken.

Und dann musste das Großereignis beworben werden. Wir müssen Emotionen entzünden, sagte Bruno ein ums andere Mal, Emotionen zum Flammen bringen.

Wir müssen unsere Stadt besser positionieren, positionieren, Brunos neues Lieblingswort, wir müssen den See positionieren, die Kultur positionieren, jetzt gleich, die Geschichte positionieren, positionieren, positionieren, unsere Stadt muss uns am Herzen liegen, wir müssen sie positionieren. Wir sagte Bruno immer dann, wenn er Hilfe brauchte. War etwas fertig, sagte er Ich. Salzburg hat seinen Mozart, Wien seinen Strudel, wir brauchen etwas, das ebenso festsitzen kann in den Menschen. Das Großereignis stand vor der Tür. Die Hirne rauchten, die Träger der rauchenden Hirne stöhnten. Wir müssen positionieren. Lange Positionierungssitzungen bis tief in die Nacht. Endlich war die Werbelinie klar. Englisch als Hauptsprache, deutsche Einsprengsel. Den Westen ansprechen, nicht den Osten. Die Vorzüge von Stadt und umliegendem Land kombinieren mit Essbarem. Humorvolle Verpackung.

Bodenproben wurden genommen. Sie erzählten Furchtbares. Schwemmland, sinkt, hält keiner Belastung stand, sagten die Statiker. Unsinn, Quatsch, sagten die Bauingenieure, Unsinn, Quatsch, sagte Bruno, wir pumpen den Boden voll mit Schotter, dann gehts schon. Gesagt, getan. Schotter tonnenweise. Bau höher als ursprünglich geplant. Weil höher, auch schwerer. Große Eröffnung. Da schon merkte man, dass Bruno leicht zu sinken anfing an seinem Rednerpult. Und das Pult mit ihm. Bilanz nach sechs Monaten: Das Stadion hatte sich um sechs Meter gesenkt. Unterbodenfußball könnt ihr in Kreitzberg spielen, höhnte die Welt. Es war das eingetreten, wovon Bruno immer geträumt hatte: Die Welt nahm Kreitzberg wahr. Ein Stadion, das sich sechs Meter senkt, das hat die Welt noch nicht gesehen. TV-Teams aus aller Welt rauschten mit riesigen Portionen Schadenfreude an. Die Welt lachte. Die Kreitzberger Fußballgrube wurde zum Comic. Das Fußballfeld als U-Bahn-Station. Kreitzbergs Stolz ein U-Boot. Nein, Bruno wollte sich und sein Kreitzberg doch nicht wahrgenommen wissen. Er lief nackt durch die Straßen. Seine Verzweiflung war tief wie sein Stadion. Oh in welch einer Welt muss ich leben, hörte man Bruno im Zehn-Minuten-Takt sagen. Wenn er noch was sagte. Zumeist dämmerte er. Das mir, das mir, einem, dem seine Stadt am Herzen liegt. Ich verachte die Welt. Und ich verachte die, die alles schon wieder lange gewusst haben wollen. Hört ihr, ich verachte euch, euer Bürgermeister verachtet euch.

Bruno hatte in seiner Rede tief in die Lade gegriffen. Das Stadion ist das größte Geschenk Gottes an uns Kreitzberger. Dieser Überschwang war nun sein Problem. Gut, soll sein, sagten die Kreitzberger, aber warum hat ER den mitgeschickt? Und warum ausgerechnet ein Stadion? Ist ein Stadion Ausdruck göttlicher Generosität? Die Kreitzberger waren verwirrt, und in ihrer Verwirrung warfen sie Gott und Bruno durcheinander.

Das Ganze ging aus, wie alles in Kreitzberg auszugehen pflegt. Bruno verreiste samt Stab für eine Weile. Stadionstudienreise. Nach seiner Rückkehr ließ er verlauten, dass das Kreitzberger Stadion in Planung und Anlage einzigartig sei, nirgendwo sonst habe er Derartiges gesehen. Die Kreitzberger hörten gar nicht hin, sie hatten längst eine neue Aufregung gefunden. Aber auch die legte sich wieder. Den größten Teil der Tages- und den etwas weniger großen Teil der Nachtstunden war man noch immer glücklich. Und war man einmal leidlich unzufrieden, tauchte ein Herold auf und sagte, dass man da durch müsse, nörgeln helfe nicht, es werde schon alles werden, man solle seine Stadt nur herzhaft lieben. Gleich brach wieder das alte Glück aus. Und man ließ das neue Stadion in die Herzen ein.

Es wurde gemunkelt. Das Gemunkel wollte kein Ende nehmen. Dann nahmen sich die Zeitungen des Gemunkels an. Alles hat seine Ordnung, sagte Bruno. Was war geschehen?

Bruno hatte sich ein neues Heim zugelegt, das alte behielt die Bürgermeisterin, Luxusklasse, achtzehn Zimmer, vier Bäder, ein Bürgermeisterheim eben, sagte er kurz angebunden, beheizte Garagenzufahrt, für meine dringenden Winterausfahrten, soll ich erst Schnee schaufeln, bevor ich ausfahre?, Schwimmbad, winters überdacht und geheizt, ich muss mich fit halten für meine Aufgaben, Palmenhaus von der Größe eines Reitstalls, Palmen sind meine einzige Leidenschaft, dafür muss Platz sein, Heimkino für vierzig Personen, ich und mein Stab müssen am Laufenden sein, wir schauen uns ausschließlich Dokumentationen an. Gut, ich habe ein neues Haus, ich habe es nach altem Muster erworben, etwas leisten und sparsam sein, das ist alles, und sich um den Neid nicht kümmern. So wollen wir es auch halten und auf weitere Heimdetails, die nur Neid entfachen könnten, verzichten.

Bruno nützte seinen Bauschwung. Der Hauptplatz wurde neu gestaltet. Die alten schäbigen Platten wurden gegen Marmor ausgetauscht. Zu teuer, viel zu teuer, eigentlich sündhaft teuer für eine Stadt, die fast pleite ist, urteilte die Presse. Ach die schon wieder, sagte Bruno, diese Quertreiber, die wissen immer alles, den Marmor hat man uns geschenkt, wir haben ihn nur verlegt, und die Versorgungsleitungen haben wir sowieso erneuern müssen, das ist in einem Aufwaschen gegangen. Teuer ist heutzutage alles.

Nicht nur beim Hauptplatz, auch beim neuen Stadion sei es nicht mit rechten Dingen zugegangen. Merkwürdige Auftragsvergabe. Ausgerechnet die Firma bekam den Auftrag, die am teuersten war. Sie bietet auch am meisten, sagte Bruno, außerdem zahlen das Stadion ohnehin der Staat, das Land und Gönner, das kostet uns einen Apfel und ein Ei. Womit das neue Stadion auch schon seinen Namen hatte.

Ein Protz, sagte das Volk von Kreitzberg, er hat es sich gerichtet, er hat mitgeschnitten bei den Aufträgen, wetten. Schaut euch doch nur sein Haus an. Und wie immer fliegen mit dem Abscheu auch Fetzen von Bewunderung mit. Wir sind zu klein für unsere Wünsche, gesteht sich das Volk, wir wollen, aber wir können nicht. Aber der, dieser Kerl hat es sich gerichtet. Und man grüßt ihn noch ehrerbietiger. Bei den Straßen, wartet nur, jetzt gehen wir die Straßen an, ist auch höchste Zeit, da wird er wieder abräumen, da kauft er sich dann noch ein Seehaus dazu, in der Bucht am Würzelsee.

Niemand weiß, was an der Munkelei wahr ist. Wir wollen es auch nicht wissen. Wir wollen nur weitergeben. Die Wut muss sich nicht die Zähne ausbeißen daran. Vielleicht ist Brunos neues Haus gar nicht so pompös, wir wissen doch, wie die Dinge in Gerüchten wachsen.

Hirsch, haben Sie je daran gedacht, dass eine Frau ein Fahrzeug ist. Will gewartet sein, geputzt, gefüllt mit Treibstoff. Ist es nicht so, Hirsch?

Da wurde dem Dr. Hirsch wunderlich zumute. Der Bürgermeister, was redet er da, das schaut ja aus wie eine Metapher, das hat es noch nie gegeben, was ist los mit ihm.

Wissen Sie, Hirsch, alles muss zu Fleisch und Blut eingehen, nicht in, zu. Das ist das Geheimnis jeder Beziehung, das Geheimnis unserer Existenz.

Wenn Sie meinen, Herr Bürgermeister. Dr. Hirsch war ratlos. Das war er zwar oft, aber jetzt schien alles ausweglos. Der Bürgermeister redet in Rätseln. Und Bruno legte gleich nach, ließ Dr. Hirsch gar nicht ins Nachdenken kommen; wenn er das vorgehabt haben sollte.

Fürchten Sie sich vor dem Tod, Hirsch? Glauben Sie an ein Leben danach? An ein Leben als, sagen wir als Palme.

Du liebe Zeit, was soll man anfangen mit solchen Fragen. Was immer man antwortet, es ist gelogen. Niemand weiß darauf klare, eindeutige Antworten, in welche Richtung immer, zwei oder drei Heilige und drei oder vier Atheisten ausgenommen vielleicht.

Herr Bürgermeister, wir haben einen Termin. Dr. Hirsch war glücklich über diesen Einfall. Da war kein Termin, aber wie aus dieser Lage kommen ohne List.

Diese Termine erschüttern mein Leben. Kaum will ich nachdenken, Geheimnissen auf die Spur kommen, gibt es einen Termin. Denken Sie nach über diese Fragen, Hirsch, das ist Ihre Hausaufgabe sozusagen, ohne über diese Fragen nachgedacht zu haben, führen wir ein unwürdiges Leben.

Dem Volk blieb nichts verborgen. Irgendwie kamen alle Nachrichten zu ihm, auch die, die gar nicht für die Allgemeinheit gedacht waren. Niemand wusste zu sagen, wie das vor sich ging, aber alle wussten alles. Wie das, unser Bürgermeister hat Flausen? Seine Frau ein Fahrzeug, gut, da konnte man sich noch einen Reim machen darauf, aber Tod und danach? Danach eine Palme? Was soll man mit einem Philosophen? Mit einem Sucher? Kümmert sich um Sachen, die ihn nichts angehen. Der Mensch lebt, arbeitet, zeugt, stirbt, und dann wird er schon sehen, was kommt oder nicht kommt, da ist nichts zu fragen, da muss man nur warten und ein Bier trinken. Was ist in Bruno gefahren? Was soll man mit einem Bürgermeister, der solches Zeug fragt? Ist er in einer Krise? Ein Bürgermeister soll sich kümmern, dass der Müll abtransportiert wird, dass die Busse pünktlich fahren, dass die Straßen gerade laufen, er soll nicht dem Pfarrer ins Handwerk pfuschen. Jetzt ist er da, jetzt soll er seinen Kram erledigen und sich nicht scheren, was später ist. Hat er seinen Kopf überhaupt noch im Heute? Kann man so einen noch brauchen?

Nach drei Tagen löste sich alles auf. Sie müssen nicht mehr nachdenken, Hirsch, ich weiß schon alles. Dr. Hirsch hütete sich zu fragen, was alles der Bürgermeister weiß. Das Volk atmete auf. Gute Nachricht, Leute, Bruno ist wieder am Boden. Und das Volk verbat es sich diesmal, die Gerüchteküche anzuheizen über die Gründe von Brunos Krise, jeder Versuch einer Deutung wurde im Keim erstickt. Bruno ist wieder gesund, Leute, das genügt, mehr wollen wir nicht wissen, alles andere bleibe sein Geheimnis. Nur Hans Benda hielt sich nicht daran, der Benda natürlich. Der Kerl ist so blöd, sagte er aus der Vergessenheit heraus, so blöd, der wird solche Fragen noch in den Gemeinderat bringen und darüber abstimmen lassen.

Gönn dir das Gefühl der Überlegenheit
Mach Urlaub bei Deppen
KREITZBERG

Als dieses Plakat auftauchte, haute es Bruno vom Bürgermeisterstuhl. Und höchstselbst schritt er zur Tat. Der Frevel musste getilgt werden. Symbolisch entfernte er eines dieser ihm so stinkenden Plakate mit eigenen Händen. Und jeder Stadt- und Gemeinderat tat es ihm nach. Bruno appellierte in allen Medien an die Bevölkerung und an alle Gäste, ja an die Öffentlichkeit schlechthin, die Aussage dieses Plakates nicht zu glauben. Und etliche Arbeitstrupps rückten aus, die Schandplakate zu entfernen.

Die Plakate tauchten wieder auf. Die Polizei verstärkte die Streifen. Bruno wiederholte seine Aufrufe und mahnte zu Wachsamkeit. Diese Strolche sollen nicht ungeschoren davonkommen, wer etwas sieht, der melde. Eine Belohnung wurde ausgesetzt. Bürger und Bürgerinnen, es zahlt sich aus, die Augen offen zu halten. Ich beschwöre den Gemeinsinn. Wir alle sind betroffen. Was wäre das für ein Image, um Gottes willen. Kreitzberg voll von Deppen. Wer nur konnte so etwas glauben? Wer wollte das unter die Leute bringen? Wer wollte Kreitzberg schaden? Wir sind auch nicht mehr blöd als die gesamte Menschheit ist. Bruno bekam ein nervöses Zucken. (Er verlor es nie mehr ganz.) Weg mit den Plakaten, weg, weg, und wenn ich eine Bürgerwehr aufstelle, die Tag und Nacht die Stadt beschützt vor diesen hinterhältigen, feigen Frevlern.

Es kam, wie es kommen musste, wenn Eifer im Spiel ist. Alles läuft sich tot, wenn es nicht beachtet wird. So aber trieb ein Eifer den anderen an, die Plakate tauchten auf, wurden abgenommen, nächsten Tag waren sie wieder da. Das ging für Wochen so dahin, und das Plakat, erst nur lokal wahrgenommen, war bald bekannt im ganzen Land. Brunos Gegner hatten gewonnen, weitere

Plakate konnten sie sich sparen. Der Ruf der Deppenstadt war hergestellt. Und blieb erhalten. Denn nichts ist hartnäckiger als Dinge, die nicht sein dürfen.

Der Bürgermeister hasste Insekten, besonders Gelsen. Hörte er das Surren von Gelsen, wurde er erst traurig, dann schwermütig, zuletzt, nach einigen Stichen, wütend. Dann kam es schon vor, dass er mit Stühlen und Tischen und Blumentöpfen nach den Gelsen warf, sein Büro verwüstete und mit rotem Kopf auf den Gang hechtete. Gegen seine Gelsenangst war kein Kraut gewachsen. Man kam auf die Idee, einen einheimischen Komponisten zu beauftragen, ein Lied zu schreiben, eines, das die Zartheit dieses Insekts besingt, seinen Nutzen und Wert. Der Bürgermeister ist für Musik sehr empfänglich, hieß es, das Lied wird ihn heilen, ihn von seinen Panikanfällen befreien.

Wissen Sie denn nicht, werter Herr Kollege, sagte Dr. Hirsch zu einem eifrigen Abteilungsleiter, wissen Sie denn nicht, es ist wichtig heutzutage, nicht zu denken. Denken Sie nur weiter, Sie werden sehen, wohin das führt. Sie sägen sich alle Äste ab. Da haben wir so einen windigen Geschäftsmann in der Stadt, der meckert und denunziert fortwährend, und was hat er davon, na was, niemand redet mehr mit ihm. Ein Außenseiter, ein Verworfener, aber er ist stolz darauf, dass er denkt. Kindisch. Geht neben den Schuhen, aber hört nicht auf zu denken. Denkt und denkt. Statt produktiv zu sein, Sorge zu tragen für Weib und Kind. Und Sie, Herr Kollege, sind am besten Weg, sich in die Irre zu denken wie er. Auf anderen Bahnen, klar, aber ebenso unnütz. Leiten Sie nicht, lassen Sie sich leiten.

Bruno karniefelte seine Umgebung immer mehr. Mit der Zeit, Monat für Monat sich sicherer fühlend, hatte er gelernt, seine Untergebenen noch mehr unter zu machen. Es kursierte der Witz, Untergebener kommt von unter gegebenen Umständen ist unten wie oben. Und man war sich einig, dass Bruno nicht umsonst Grobschneider heißt.

Frau M. kränkelte. Der Bürgermeister kränkelte auch. Da besuchte er Frau M. Wer krank ist, darf nicht allein bleiben, der muss getröstet werden, Trost zu spenden ist zwar blöd, weil vergebens, aber nicht wertlos. Dann weinte Bruno und Frau M. tröstete ihn.

Ich sage Ihnen, Hirsch, es ist eine Gnade, jeden Tag einen großen Haufen scheißen zu können, sagte Bruno, verstopfte Menschen haben verstopfte Hirne, ausgeschissene Menschen sind wie selbstverständlich genial, als ob es gar nicht anders ginge als eben genial. Drum sage ich Ihnen, Hirsch, achten sie auf leichten Schiss. Das macht Sie zum Menschen, zum Genie, das unterscheidet Sie von der verstopften Masse. Merken Sie sich, Hirsch, nicht Gott macht alle Menschen gleich, aber Internet und Verstopfung.

Diese Worte gaben Dr. Hirsch den Rest des Tages zu denken, sein Grübeln machte sein Tagwerk aus.

Von all den Köstlichkeiten des Buffets nahm der Bürgermeister nur ein wenig vom Topinamburschaumsüppchen, er hätte Gusto gehabt auf Erdäpfel mit Butter oder ein Fleischlaberl mit Salat, dann lehnte er den Kopf an die Schulter seiner Gattin und sprach: Ach, Frau Bürgermeister, wäre es doch noch so wie in unserer ersten Zeit, und sei es nur für einen einzigen Tag, einmal noch wie in unseren ersten Tagen. Die Frau Bürgermeister zuckte so heftig mit der Schulter, dass der Bürgermeisterkopf durchgerüttelt wurde, und sprach zurück: Bürgermeister, lass mich essen jetzt, ich kann schlecht essen mit deiner Birne an meiner Schulter, und den Rest besprechen wir später. Was meinst du überhaupt mit unserer ersten Zeit, kannst du dich noch erinnern daran, hast du dir nicht alles längst aus dem Kopf gesoffen?

Da windet sich ein Mensch in seinen Erinnerungen und es dreht sich in seinen Erinnerungen ihm alles wie in einem Schraubstock zusammen. Und davon stirbt er endlich. Ausgelitten. Scharfsinnig ging der Bürgermeister mit dem Tod um und wenn er einen alten Menschen traf.

Kreitzberg wurde immer lauter. Das setzte einfach ein. Zaghaft erst, doch schnell beschleunigte sich der Lärm. Einmal losgelassen, einmal zu Wort gekommen, wollte er nicht mehr verstummen. Der Lärm der großen Städte, kommend aus Getriebe, wurde in Kreitzberg zur Hölle, kommend aus dem Gebrüll der ratlos im Tag Verfangenen.

Ein gut Teil des Lärms raste los im Frühjahr und dann wieder im Herbst, wenn die Fachmessen, wachsend über die Jahre, stattfanden. Messen machen zwar Lärm in allen Städten, aber er stört kaum jemanden, weil das Messegelände zumeist am Rand der Stadt ist, der Stadt nicht zu nahe rückt. Kreitzberg war die Ausnahme. Man hatte das Messeareal mitten in die Stadt gesetzt, in der Hoffnung, dadurch Großstadtflair ergattern zu können. Das Flair wollte sich nicht einstellen, der Lärm aber tat es. Während der Messewochen dröhnte die Innenstadt, die Messeanrainer hatten mit Schlaflosigkeit zu rechnen, manche verließen die Stadt in diesen Tagen, Kinder wurden zu Verwandten verschickt. Wir wollen uns weltweit als Messestadt etablieren, da muss man schon was tun dafür, und auch was aushalten, ist ja nur für kurze Zeit, sagte Bruno den Leuten, die sich beschwerten und für eine Verlegung des Messegeländes an die Peripherie waren. Dort steht doch unsere Universität, sagte Bruno, schließlich wollen wir die Wirtschaft als unseren Mittelpunkt, nicht Bildung. Dann ließ er sich zu seinem stillen Haus fahren.

Der Lärm war auf den Geschmack gekommen, seine Konsumenten auch. Sie wollten nicht mehr sein ohne ihn. Sie begannen, ihn über das ganze Jahr zu pflegen, in jede Straße zu tragen, und seine Brüder gleich auch mitzupflegen, das Gestänker und den Raufhandel. Den Lärm von innen nach außen tragend, grölte Kreitzberg an allen Enden und Ecken.

Weihnachten stand an. Wir in Kreitzberg brauchen nicht nur Weihnachten, sagte Bruno, wir brauchen besondere Weihnachten, wir wollen ein besonderes Fest haben. Denkt nach, Leute. Die Leute dachten. Dies und das. Nichts. Und das und jenes auch noch. Nichts. Ich habs, sagte der Chef des Stadtmanagements, wie sich das angewandte Verkaufen von Stadtvorzügen nannte, ich habs. Einen Christbaum hat jede Stadt, aber einen aus Eis keine. Wir brauchen einen Christbaum aus Eis. Wir müssen ihn haben. Bruno sagte sofort nach: Das ists, wir müssen ihn haben, einen Christbaum aus Eis, den müssen wir haben, wir sind die einzige Stadt der Welt, die so etwas hat, das neidet uns die Welt, wir sind die Sensation der Welt. Machen Sie, machen Sie, her damit, her mit dem Eisbaum.

Und man machte sich daran. Man holte einen in Eis beschlagenen Künstler, einen Eisbildhauer, der sagte sofort zu, als er seine Gage hörte. Man holte Eis aus Belgien, dort gibt es bekannt gutes, widerstandsfähig gegen Hitze und Sturm, man suchte den schönsten Platz der Stadt, hier, Herr Eisbildhauer, hier muss der Eisbaum erstehen. Und der Eisbaum erstand.

Die Winter sind aber nicht mehr die Winter von früher. Es wurde wärmer und wärmer, der Christbaum schaute aus wie eine räudige Katze erst, dann wie eine überfahrene Katze. Sechs Tage vor Weihnachten war nichts mehr da. Nur eine Pfütze erinnerte noch zwei Tage lang an die Eisbaumpracht. Bruno war traurig. Oh grausam Wetter, jammerte er, oh grausam Schicksal, nichts ist mir vergönnt.

Die Angelsachsen haben den Spruch, die Vögel, die Bienen, die Musiker und die Schauspieler sehen Änderungen voraus. Und ich bin keins davon. Ideen sollen Ideen bleiben und Pläne Pläne. Zart, rein und geheimnisvoll ist so eine Idee, ihre Verwirklichung ein roher Akt daneben. Jetzt ist sie erdenschwer, plump, jeder Zartheit beraubt. Die Verwirklichung ist der Tod jeder Idee. Immer geht es um Biegen und Brechen, nie um den Traum der Idee, die Schönheit der Planung. Und nach fünf Jahren sieht man, dass es anders ja doch besser gewesen wäre.

Bruno schlug zarte Töne an, und kaum jemand konnte sich einen Reim machen darauf. Er, der Praktiker, was nur will er uns sagen? Natürlich waren Vermutungen im Umlauf, aber der dicke Sekretär verwarf sie alle. Der Bürgermeister habe nur etwas gelesen, wahrscheinlich so halbphilosophisches, unreifes Zeug, das beschäftige ihn, und nein, es sei nicht zu befürchten, dass er weiter lese.

Alle Projekte seien auf Schiene, das Kreitzberger Leben laufe nach wie vor wie auf einer Schnur.

Die Menschen liefen zusammen am Hauptplatz und gackerten. Ein riesiges Fernheizwerk, dreimal zu groß für Kreitzberg, sollte gebaut werden. Experten warnten. Die Luft würde in Gestank übergehen, die Sonne würde sich verdunkeln, Kreitzberg würde versinken in Unsichtbarkeit. Das Gegacker nahm zu. Wir müssen zum Rathaus marschieren, das müssen wir, sagten sie, obwohl sie schon fast am Rathaus standen.

Seid besonnen, Bürger, seid besonnen, sagte Bruno, nur Besonnenheit hilft jetzt. Ihr wisst doch, dass ich auf eurer Seite bin. Und ihr wisst auch, dass wir ein Fernheizwerk größeren Zuschnitts brauchen. Wir werden Wege finden zwischen euch und mir und hin zu einem Fernheizwerk. Aber besonnen müssen wir sein. Wir alle. Also seid besonnen, sagte der Bürgermeister ein ums andere Mal, seid besonnen. Unsere Luft wird klar bleiben, unsere Lungen werden rosig bleiben. Wir werden am letzten Stand der Technik bauen. Meine Experten sind auch Experten. Die anderen Experten sind bestellte Schwarzseher, bezahlt, um unseren Fortschritt zu verhindern. Eine Schande. Seid unbesorgt. Wie alle großen Männer ließ sich Bruno von wissenschaftlichen Beweisen und Fakten nicht beeindrucken, beherrschen schon gar nicht. Er legte sie nach seinen Notwendigkeiten aus. So passten sie ihm und immer. Seid unbesorgt, eure klare Luft wird euch nicht genommen werden. Da bin ich vor. Seid also besonnen, bleibt so besonnen, wir ihr immer wart.

Diesem Aufruf kamen die Bürger nach. Die zuvor so Aufgebrachten zerstreuten sich. Sei besonnen, sagte ein Bürger zum anderen. Er hat gesagt, wir müssen besonnen sein. Machen wir ihm die Freude, sind wir besonnen, sagte Frau Schmid, die für den Bürgermeister schwärmte. Er hatte ihr einmal mit großer Geste und noch größerem Lächeln einen Blumenstrauß überreicht. Nur der alte Brenner, Wirt seit alters her, fragte: Warum eigentlich sind wir so besonnen? Aber da waren schon alle ihrer Wege gegangen. Die Besonnenheit siegte über die Rage. Das Fernheizwerk siegte über die Vernunft. Der Bürgermeister siegte über die Sorge der Bevölkerung, die Besiegtwerden für Besonnen- und Kultiviertheit hielt. Nur in unzivilisierten Staaten ist renitentes Volk, sagte sich die Bürgerschaft und nahm besonnen hin. Der von Bruno vorsorglich herbeizitierte Stadtrat für Katastrophen hatte nichts mehr zu tun. Das Volk wusste, was sich gehört.

Hinterhältigkeit verband den Bürgermeister mit Frau Schmid. Als er ihr die Blumen überreichte, sagte er: Die halten länger als Sie, Frau Schmid, wissend, dass Frau Schmid schon schlecht hörte. Er wusste aber nicht, dass Frau Schmid nur so tat als ob, tatsächlich hörte sie noch recht gut. Sie sortierte nur genau, was sie aufnehmen wollte, was nicht. Fünf Jahre ist es jetzt her, dass Bruno sein Bukett überreicht hatte.

Ich hab schon Legionen von Bürgermeistern überlebt, den Bruno werde ich auch noch schaffen, darauf kann er sich verlassen. Und sie gab vor, für Bruno zu schwärmen, in Wahrheit entsprang ihre Fröhlichkeit, wenn sie ihn sah, nur ihrer Vorstellung, wie er vor ihr im Sarg weggetragen würde.

Himmel, Arsch und Zwirn, schrie Bruno, und schrie gleich noch nach dem dicken Sekretär. Wie ist das möglich? Wie ist so eine Sauerei möglich? Geben Sie nicht Acht, was Sie sagen? Was lese ich? Unreifes Zeug? Ich? Und ich werde nie wieder lesen? Denken Sie, bevor Sie reden, Sie sind doch sonst so schlau. Wollen Sie sich lustig machen über mich, auf meine Kosten die Presse füttern? Und Brunos Schreibtischgoldfische flogen ins Sekretärsgesicht.

Den dicken Sekretär kann man in der Kammer antreffen, aus der der langsame Sekretär aus Not befreit wurde.

Des Bürgermeisters engster Freund war der Bankdirektor Walter Zwentner, mit Bruno schon auf derselben Schulbank gesessen, dieselben Mädchen ausgegriffen, von denselben Mädchen ausgegriffen worden, dieselben Autos zu Schrott gefahren, in dieselbe Stadt zum Studium ausgerückt, Wehrdienst dank guter Verbindungen umgangen, beide lausige Tennisspieler, gute Trinker. Unangekündigt starb Walter Zwentner. Vormittags noch am Golfplatz, nachmittags in der Ewigkeit. Lasst ihn, er trauert, hieß es im Rathaus, lasst ihn, er hat einen schlimmen Tag. Bruno hielt die Grabrede, Bruno weinte. Bruno fühlte sich nun noch einsamer, als er sich schon gefühlt hatte all die Zeit seit seiner Wahl. Jetzt fühlte er so ganz, wie einsam es ist auf den Gipfeln eines Amtes.

Ist das nicht toll, sagte Bruno, das ist ja toll, ja das ist toll, Kreitzberg wird verlockend für die Großindustrie. Die Giganten wollen sich ansiedeln bei uns. Tausende Arbeitsplätze. Wir müssen ihnen nur etwas entgegenkommen. Grundstück, Steuerfreiheit, Förderzuschuss, Bauzuschuss, blitzschnelle Erledigung aller Bewilligungen. Und dann sitzt die Welt bei uns.

Eine Halle steht im Rohbau, der Grund ist weg, die Welt hatte es nicht eilig, doch Kreitzberg und sein Bürgermeister haben warten gelernt. Jetzt können wir es schon, sagte das Volk.

Das Haus in der Sperlingstrasse. Es war ein Problem. Voll mit Fremdarbeitern. Gäste schauen anders aus, pflegte Bruno zu sagen, ganz anders, das sind schlicht Fremde. Und in ihrem Haus dort, zusammengepfercht wie sie sind, herrschen erbärmliche Zustände. Wir müssen einschreiten in der Sperlingstrasse. Aber wie? Wie ich die dort kenne, können die noch nicht einmal Deutsch und das ganze Haus stinkt zum Himmel von der komischen Kocherei dieser Leute dort. Und Bruno ließ wieder einmal den Stadtrat für Heimatschutz und Heimattreu zu sich kommen. Die Überfremdung in der Sperlingstrasse können wir nicht mehr hinnehmen.
Der jüdische Friedhof der Stadt Kreitzberg sollte nicht als jüdischer Friedhof gekennzeichnet sein. Man müsse ihn vor Anschlägen radikaler Elemente schützen, hieß die offizielle Begründung, die das Rathaus nach langen Beratungen entließ. Und das sei eben am besten durch Nichtkennzeichnung zu erreichen. Eine Tafel wurde in die Friedhofsmauer eingelassen: Friedhof der Anderen.

Da ist so ein Bürgermeister am Land, der ist seit fünfzig Jahren Bürgermeister, stellen Sie sich das vor, Hirsch, seit fünfzig Jahren, fünfzig Jahre Bürgermeister, ich habe zu spät angefangen, ein Bürgermeister zu sein, fünfzig Jahre, mein Gott, fünfzig Jahre Bürgermeister, was für ein Leben.

Mir kommt vor, Sie sind schon seit fünfzig Jahren Bürgermeister, Herr Bürgermeister.

Zum ersten Mal war es an Bruno, einen Termin vorzuschützen, weil er so gar nicht wusste, wie Dr. Hirsch das gemeint hatte. Bruno versuchte, in seinem Gesicht zu lesen, aber da stand nichts. Und fragen konnte man auch schlecht. Dieser Hirsch, er wird doch nicht. Nein, undenkbar bei ihm. Oder doch. Dieses Gesicht. Könnte er. Hat er überhaupt etwas gemeint? Ach was, soll er denken, was er will. Wenn er nur pariert.

Ich muss zur Feuerwehr, Ehrungen. Und im Hinausgehen: Ich muss mit meinen Memoiren anfangen. Erinnern Sie mich daran, Hirsch. Mein Leben niederschreiben, wirklich nieder, bis hinunter in die letzten Regungen und Aufregungen. Wenn ich so durch unsere Straßen gehe, Fußpilz von Geburt an, hab ich natürlich nicht mehr, warum lachen Sie nicht, Hirsch, das war ein Witz, wollen Sie nicht mehr lachen über meine Witze? Wenn ich also durch unsere Straßen gehe, denke ich an meine Memoiren. Wie hat dieser, dieser Dings geheißen, der so viel gefressen hat? Egal, merke ich mir ja doch nicht. Der hat sein Leben aufgeschrieben. Besorgen Sie mir den Band, als Muster. Sein vieles Leid streichen Sie mir gleich heraus. Ich will nicht leiden, ich will ein Leben voll Freude, Glauben und Zuversicht aufs Papier schleudern. Wenn Ihnen dazu was einfällt, Hirsch, machen Sie Notizen. Und erinnern Sie mich immer wieder daran. Adieu.

Bruno war verzweifelt, schlief schlecht, eigentlich kaum. Bruno machte sich Sorgen um die Bekanntheit seiner Stadt. Er war im Ausland gewesen, und kein Mensch hatte die Stadt gekannt, deren Bürgermeister er war. Man stelle sich einen Bürgermeister vor, dessen Stadt kein Mensch außerhalb dieser Stadt kennt. So ein Bürgermeister versinkt, es gibt ihn nicht. Keine Stadt, kein Bürgermeister. Dann war Bruno bei einer Touristikmesse, und auch dort wusste kaum jemand etwas von Kreitzberg, wo es liegt, was an ihm Besonderes sein soll, warum man nach Kreitzberg fahren sollte, ausgerechnet nach Kreitzberg. Bruno kam getroffen heim. Bruno haderte. Das muss sich ändern, das muss sich schnellstens ändern, das kann nicht so bleiben, dass uns niemand kennt, dass man uns für ein Nest am Rande hält, sagte Bruno ein ums andere Mal, auch nachts im Schlaf. Meine Stadt muss bekannt werden, meine Stadt muss der Welt geläufig werden. Wir können Kreitzberg zwar nicht über Nacht bedeutend machen, aber wir können seinen Namen ausweiten, in eine Richtung, in der er nicht übersehen werden kann. Der Name muss auffallen, die Stadt fällt dann hinterher, so überlegte Bruno. Gottlob haben wir den Würzelsee in der Nähe, den kennt man. Der Würzelsee ist zwar einige Kilometer weg von der Stadt, aber was solls. Wenn man abbeißen kann von Bekanntheit, soll man es tun. Kreitzberg am Würzelsee, das müsste sitzen. Und wenn man eine Busverbindung herstellt zum Würzelsee, sagte Bruno, dann, dann steht Kreitzbergs Bekanntheit nichts mehr im Weg. Unbedingt muss Kreitzberg umbenannt werden. Kreitzberg am Würzelsee, das ists, dann weiß die Welt, wo Kreitzberg ist. Bruno wollte wieder gut schlafen. Als Bürgermeister von Kreitzberg am Würzelsee. Ich bin Bruno Grobschneider, Bürgermeister von Kreitzberg am Würzelsee, und jedes Gesicht strahlt auf, jaja kenne ich.

Doch dann kamen Bruno Bedenken. Eigentlich doch recht gewöhnlich, dachte er, eine Stadt mit einem See in Verbindung zu setzen, da gibt es doch schon viele, zu viele Orte, die sich im Namen auf einen See berufen. Etwas Außergewöhnliches müsse dem Namen beigefügt werden, etwas, das aufhorchen lässt. Lange Beratungen folgten, Legionen von hellen Köpfen gaben ihren Senf dazu. Schon ungeduldig und mit sich und seiner Namenswahl im Reinen, sprach Bruno ein Machtwort und beantragte die Namensänderung. Kreitzberg heißt jetzt Kreitzberg an der krummsten Biegung des Flusses. Offiziell.

Außerdem beantrage ich eine Rückbenennung, sagte Bruno, Am Sauzipf, Gstunkenes Gassl, Hureneck, Brunzwinkel, solche Gassen- und Platzbezeichnungen waren einmal in unserem Kreitzberg. Wäre das nicht was für den Tourismus? Ich bin für eine Rückbenennung. Unsere sittsamen Straßennamen in allen Ehren, aber sie sind zum Einschlafen fad, und merken kann man sie sich auch nicht. Kein Fremder merkt sich die, aber einen Sauzipf, so was merkt man sich für alle Zeit. Und erzählt überall davon.

Nein, es kam nicht dazu, Bürgerinitiativen hatten ihre Einwände, Kreitzbergs Straßennamen, verdiente Bürger und Bürgerinnen wurden dadurch geehrt, blieben. Nur wenige wussten, wer hinter den Namen steckt, welche Verdienste sich damit verbinden, aber man musste sich wenigstens nicht schämen für die Namen. Bruno musste klein beigeben. Das schmerzte. Niemand ist bereit, mir auf meinen Flügen zu folgen. Und er weinte.

Brunos letzte Großtat war der Auftrag für ein Denkmal, nein, Hans Benda kam nicht zum Zug, ein Denkmal für seinen Vater, die Mutter zur Seite, zwischen den Elternknien hervorlugend Klein Bruno, sich mit der linken Hand zwischen den Mutterschenkeln festhaltend. Als mir dieses Denkmal einfiel, sagte Bruno, als mir einfiel, dieses Denkmal in unsere Stadt zu setzen, war ich den ganzen Tag lang glücklich, so glücklich wie nie zuvor und nie danach.

Bruno hielt am Hauptplatz eine Rede. Zur Lage der Stadt. Eine Bühne wurde errichtet, Blumentöpfe rundum – wir erinnern uns, Bruno mag Blumen, Palmen und anderes Gepflanze –, Rednerpult mit dem Stadtwappen. Zur Lage der Stadt. Das schien Bruno gewichtig genug für einen großen Auftritt. Bruno wollte Zeugnis legen über Leistungen des letzten Jahres. Und sich direkt an die Bürgerschaft wenden, direkt, nicht über eine Pressekonferenz oder seinen Sprecher. Bruno saß lange über seiner Rede, vorher war sein Sprecher lange darüber gesessen, vorvorher war der Redenschreiber noch länger darüber gesessen. Bruno ließ ein paar Änderungen vornehmen, seine Rolle beim Bau des neuen Stadions sollte stärker betont werden, ein wenig über sich selbst verraten, das kann nicht schaden. Und dann trat Bruno ans Pult. Nicht allzu zahlreiches Volk wartete auf Brunos Rede. Das aber nahm Bruno nichts von seinem Feuer. Man sollte den Kerl sehen, der in ihm steckt. Voll Leidenschaft sprach Bruno vom neuen Stadion, das, Leute, mir derart am Herzen lag, dass ich es gegen alle Widerstände, gegen alle Unkenrufe von Kleingläubigen verbissen durchsetzte, was ich mir in den Kopf setze, setze ich auch durch, dieser Devise bleibe ich treu, komme da was da wolle, der Nutzen für die Stadt hat Vorrang. Und immer so weiter. Man kennt das ja. Die Leute kannten das auch. Manche gähnten, manche warteten darauf, dass endlich Freibier ausgeschenkt wird, manche setzten sich auf den Boden, weil sie bald müde wurden, wieder andere gingen weiter. Bruno nahm das alles nicht wahr. Mit heiligem Eifer donnerte er sein Wort auf den Platz. Nahm nur hin und wieder einen langen Schluck aus einem bereitgestellten und vom kleinen Sprecher immer wieder aufgefüllten Glas, das am Podium stand. Nach einer halben Stunde wurde das Redetempo etwas langsamer, nach vierzig Minuten verhaspelte sich Bruno derart in einem Satz, dass er von vorn anfangen musste. Aber wo anfangen? Er hatte den Anfang vergessen. Eine kleine Pause täte mir gut, sagte er zu den letzten Zuhörern und lachte, wie jemand lacht, der auf Verständnis hofft.

Bruno fiel vom Podium. Darauf hatte man gewartet. Die Leute kannten ihren Bruno. Sie hatten Wetten darauf abgeschlossen, wie lange sich Bruno am Podium halten würde. Die Wettsieger johlten auf.

Es gäbe noch viel in Kreitzberg. Doch kommen wir zu einem schnellen Ende. Jetzt wissen wir doch schon, wie Kreitzberg läuft. Nämlich, dass es kaum läuft. Dass alles aufgeschoben ist, jeder Plan, jedes Vorhaben. Wir wissen es. Kreitzberg weiß es. Doch niemand nahm ernsten Anstoß daran. Es war nie anders. Drum war Kreitzberg noch immer Kreitzberg. Unverändert, unverfälscht. Wir wissen doch, der Traum vom Plan ist zumeist schöner als seine Ausführung. Nehmen wir also an, Kreitzberg ist eine Stadt von Träumern, dann wird sie uns noch lieb trotz all der Versäumnisse. Und so lange sich Kreitzbergs Bürger nicht aufregen über diese Versäumnisse, müssen wir als Außenstehende es auch nicht tun. Wir wissen genug. Noch mehr könnte nichts heller machen, könnte nichts beitragen zur besseren Kenntnis der Stadt. Die wir auch gar nicht brauchen. Dicke Bücher haben es an sich, dass sie immer wieder von vorn anfangen. So werden sie dick. Dicke Menschen werden immer dicker, weil sie gleich wieder zu essen anfangen. So werden sie immer dicker. Wollten wir unser Wissen über Kreitzberg dicker machen, müssten wir Leute hineinziehen, die wir nirgends hineinziehen wollen. Und die auch nichts wissen, weil sie eben nur die Ränge füllen. Und den einen, der vor den Rängen steht und die darauf Hockenden dirigiert, den kennen wir doch schon. Von dem kommt nichts Neues, der wiederholt sich nur. Kurz und gut, ich mag den Bürgermeister nicht mehr sehen. Denn sagt selbst, Leute, ist so ein Kasper es wert, dass man sich weiter abgibt mit ihm? Und sonst, sagt auch selbst, ist da sonst jemand, der uns noch interessieren könnte?

Vielleicht aber ist der Bürgermeister gar kein Kasper, vielleicht ist er das menschliche Dokument seiner Epoche. Wer weiß das schon, wenn er in derselben Epoche lebt. Wie wird die nächste denken? Aber hat es uns zu interessieren, was Nachkommende über uns denken?

Also halten wir uns an den Kasper.

Doch nein, wir sind noch nicht fertig, einmal noch müssen wir Bruno ertragen, denn es trat etwas ein, das wir nicht verschweigen können, etwas, das auch gar nicht zu verschweigen ist, weil es weithin sichtbar war.

Eine Großveranstaltung, Probegalopp für die kommende ganz große, hielt Kreitzberg für Tage in Atem. Und wie erst Bruno. Tägliche Empfänge, täglich neue Plakate mit Bruno mit und ohne Fußball oder Tennisschläger, mit und ohne Lachen, in Anzug und in Sportdress, tägliche Reden ans Volk, tägliches Pokulieren. Und immer, wenn man meinte, Bruno stünde knapp vor einem Zusammenbruch, straffte er sich, gab sich einen Ruck und stürmte auf ein Podium. Die Rede zum Tag, zum Tag des großen Ereignisses war noch zu halten. Tatsächlich, Bruno stürmte, seine Augen loderten, heiliger Eifer durchfuhr ihn. Seine Wörter wuchteten von Anfang an, schwollen mehr und mehr. Er kratzte sich eine feurige Rede aus dem Hirn, redete sich immer mehr in Feuer, das Feuer der Rede loderte heute gewaltiger als je sonst bei seinen Reden, und als ein Zischlaut aus dem Mund des befeuernden Feurigen schnalzte, zog ein Feuerstrahl hinter dem Zischlaut her, wurde vom Wind sogleich gepackt und fuhr mit ihm unter die Dachbalken des Rathauses. Bruno, dastehend mit verrußten Zähnen, brannte das Rednermaul. Unter den Dachbalken das Feuer – eingesperrt, wir wissen es genau und längst, bleibt ein Feuer nicht – zog sich nach und nach unter den Dachbalken hervor, wartete noch einen Windstoß ab und stob mit diesem mit einem Knall über das ganze Dach, von dort, sich festfressend, nach unten, Stock für Stock, Raum für Raum. Der Redner, heiße Wörter im Mund noch immer, stand, in seiner selbst erzeugten Glut das Feuer in seinem Rücken nicht achtend und seine Zuhörer so in Bann schlagend, dass sie teils das Feuer als Dekoration für die Rede nahmen, andernteils es für das Produkt und hehre Zeugnis der Rede des Feuerspuckers hielten, an seinem Platz noch, und sein Wort trug ihn in die Sphäre der Verklärung, wo kein Schmerz ist, und Bruno fühlte nichts, als er – das Feuer suchte sich neue Nahrung nach der Äscherung des Rathauses – angeheizt im Rücken, strahlend schon im Feuer loderte, den Redemund offen. Der Stadtrat für Katastrophen rang die Hände, schrie Anweisungen, die für niemanden gedacht waren und flüchtete.

Das Feuer, auf den Zwang der Gier gekommen, ließ seiner Gier freien Lauf, raste um den Hauptplatz, dann hinein in jede Gasse und von dort nach allen Seiten in alle Straßen, die Häuserfronten entlang erst und dann hinein in die Häuser. Nur in eine dunkle, kleine Gasse, so eine, in der die Huren brunzen, wollte das Feuer nicht gleich hinein. Doch dann schloss es die Augen und brauste auch da durch. Der Sturm, Sohn des Feuers und auch sein Verbündeter, half dem Feuer auf die weiteren Sprünge. In alle Richtungen flog das Feuer davon. Als erste, Feuer sind schlau, wir ahnten es schon immer, nahm es sich Feuerwehren und Löschfahrzeuge vor, um nicht behindert zu werden. Alles brannte, alles. Die Hitze griff nach dem Wasser. Der Würzelsee trocknete aus binnen drei Tagen. Eine Dunstwolke erinnerte noch kurz an ihn, endlich nichts mehr. Alles brannte, alles.

Wir wurden in den Sumpf gebaut. In den Sumpf werden wir zurückkehren. Und aus dem Sumpf wieder auferstehen. So sagte Bruno. Und er redete weiter und immer weiter, bis er Stück um Stück, Gramm um Gramm schmolz, endlich verglüht war. Er ging unter wie ein Kapitän mit seinem Schiff. Er starb als Einziger. Die Bevölkerung war rechtzeitig auf die umliegenden Hügel geflüchtet.

Nach diesem seinem heroischen Ende wird man verstehen, warum sich alles auf den Bürgermeister konzentriert, ihn, den Helden von Kreitzberg, der sich tot geredet hatte für seine Stadt. Die Stadt der verbrannten Seele wurde zum geflügelten Wort für Kreitzberg.

Um der Wahrheit Ehre zu geben. Anhänger von in der Stadt weilenden Fußballmannschaften hatten Kreitzberg an allen vier Ecken angezündet, die Feuerwehr blockiert und so den Brand von Kreitzberg begründet. Das war nichts Besonderes, das passiert heute in jeder Stadt. Brunos Rede aber wurde zur Legende. Von Bruno redet noch heute jedes Kind in Kreitzberg. Kreitzberg ist wieder auf der Landkarte, aber was sagt das schon.

»Die Zugereisten« ist ein Jahrhundertbuch, wovon sich nun auch die deutschen Leser überzeugen können ...
(Jörg Plath, Süddeutsche Zeitung)

Lojze Kovačič	Lojze Kovačič	Lojze Kovačič
Die Zugereisten/I.	*Die Zugereisten/II*	*Die Zugereisten/I.*
Roman.	Roman.	Roman
Aus dem Slowenischen von Klaus Detlef Olof	Aus dem Slowenischen von Klaus Detlef Olof	Aus dem Slowenischen von Klaus Detlef Olof
Ln. geb. 320 Seiten	Ln. geb. 344 Seiten	Ln. geb. 600 Seiten
EUR 23.00; CHF 41.50	EUR 23.00; CHF 41.50	EUR 34.00; CHF 57.90
ISBN: 978-3-85435-388-1	ISBN: 978-3-85435-443-7	ISBN: 978-3-85435-444-4

Selten ist von Entwurzelung und Aufbegehren, von Verzweiflung und Trotz so eindringlich geschrieben worden wie in dieser Chronik, die tatsächlich ein großer europäischer »Roman des 20. Jahrhunderts« ist ...
(Karl-Markus Gauß, Die Zeit)

Endlich auf Deutsch: (...) Lungu spielt mit Klischees und Vorurteilen, führt sie ins Absurde oder Komische.
(Mathias Schnitzler, Berliner Zeitung

Dan Lungu
Klasse Typen.
Kurzgeschichten. Aus dem Rumänischen von Aranca Munteanu
Ln. geb. 202 Seiten
EUR 17.90; CHF 32.20
ISBN: 978-3-85435-510-6

Das produktive Chaos des Landes, gepaart mit den Spuren und Ausläufern der kommunistischen Bürokratie, ergibt offenbar die Ausgangsbasis für eine Literatur, die einen Sinn fürs Surreale hat, aber auch für die feine Miniatur - und einen oftmals verzweifelten Humor (...) So schreibt Dan Lungu große Literatur, ...
(Martin A. Hainz, Die Furche)

Geboren in Mauthausen.
Und irgendwann begreift Johanna,
dass sie davon nicht loskommt …

Magdalena Agdestein
Nachlass
Roman
Ln. geb. 144 Seiten
EUR 19.50; CHF 34.30
ISBN: 978-3-85435-419-2

Sie ist brüchig geworden, die »Gnade der späten Geburt«.
Das muss auch Johanna erkennen, die in Norwegen lebt.
Ein gutes Leben eigentlich, mit Kindern, Mann und Job,
wäre da nicht ein Fleck in ihrer Biographie, der im Grunde
keiner ist. Was kann Johanna schließlich dafür, dass sie in
Mauthausen geboren wurde? Agdesteins Roman ist der
Generation der Nachgeborenen gewidmet

Als bester Romana Chiles 2005 ausgezeichnet.
Der Roman über einen Tyrannen, das Exil und
ein Geständnis ...

Eduardo Labarca
Der köstliche Leichnam
Roman.
Edition Niemandsland.
Aus dem Spanischen von
Renata Zuniga.
Leinen geb., 538 Seiten
EUR 27,50; CHF 47,50
ISBN 978-3-85435-540-3

Ein moderner Roman im wahrsten Sinn des Wortes also,
der sich den Großen des Genres, wie etwa ... Julio Cortázar
einer war, anschließen kann. Doch neben dieser Modernität in Sprache und Struktur, neben der auf die
Zwischentöne bedachten Aufarbeitung eines dunklen
Stückes Geschichte ist dieser Roman vor allem ein ungeheures Lesevergnügen, das in seiner sprachlichen Dichte
von der ersten Zeile weg überzeugt. *(Elisabeth Blasch)*